AF202473

Tucholsky Wagner Zola Scott Sydow Freud Schlegel
Turgenev Wallace Fonatne
Twain Walther von der Vogelweide Fouqué Friedrich II. von Preußen
Weber Freiligrath Frey
Fechner Weiße Rose von Fallersleben Kant Ernst Richthofen Frommel
Fichte Hölderlin
Engels Fielding Eichendorff Tacitus Dumas
Fehrs Faber Flaubert Eliasberg Ebner Eschenbach
Feuerbach Maximilian I. von Habsburg Fock Eliot Zweig Vergil
Ewald
Goethe Elisabeth von Österreich London
Mendelssohn Balzac Shakespeare Dostojewski Ganghofer
Lichtenberg Rathenau Doyle Gjellerup
Trackl Stevenson Hambruch
Mommsen Tolstoi Lenz Hanrieder Droste-Hülshoff
Thoma
Dach von Arnim Hägele Hauff Humboldt
Verne
Reuter Rousseau Hagen Hauptmann Gautier
Karrillon Garschin
Defoe Hebbel Baudelaire
Damaschke Descartes
Hegel Kussmaul Herder
Wolfram von Eschenbach Dickens Schopenhauer
Bronner Darwin Melville Grimm Jerome Rilke George
Campe Horváth Aristoteles Bebel Proust
Bismarck Vigny Barlach Voltaire Federer Herodot
Gengenbach Heine
Storm Casanova Tersteegen Grillparzer Georgy
Chamberlain Lessing Langbein Gilm Gryphius
Brentano Lafontaine
Strachwitz Claudius Schiller Kralik Iffland Sokrates
Bellamy Schilling
Katharina II. von Rußland Gerstäcker Raabe Gibbon Tschechow
Löns Hesse Hoffmann Gogol Wilde Vulpius
Gleim
Luther Heym Hofmannsthal Klee Hölty Morgenstern
Roth Heyse Klopstock Kleist Goedicke
Luxemburg Puschkin Homer Mörike
La Roche Horaz Musil
Machiavelli Kierkegaard Kraft Kraus
Navarra Aurel Musset
Nestroy Marie de France Lamprecht Kind Kirchhoff Hugo Moltke
Laotse Ipsen Liebknecht
Nietzsche Nansen Ringelnatz
Marx Lassalle Gorki Klett
von Ossietzky May Leibniz
vom Stein Lawrence Irving
Petalozzi
Platon Knigge
Pückler Michelangelo Kock Kafka
Sachs Poe Liebermann
de Sade Praetorius Mistral Zetkin Korolenko

Der Verlag tredition aus Hamburg veröffentlicht in der Reihe **TREDITION CLASSICS** Werke aus mehr als zwei Jahrtausenden. Diese waren zu einem Großteil vergriffen oder nur noch antiquarisch erhältlich.

Symbolfigur für **TREDITION CLASSICS** ist Johannes Gutenberg (1400 — 1468), der Erfinder des Buchdrucks mit Metalllettern und der Druckerpresse.

Mit der Buchreihe **TREDITION CLASSICS** verfolgt tredition das Ziel, tausende Klassiker der Weltliteratur verschiedener Sprachen wieder als gedruckte Bücher aufzulegen – und das weltweit!

Die Buchreihe dient zur Bewahrung der Literatur und Förderung der Kultur. Sie trägt so dazu bei, dass viele tausend Werke nicht in Vergessenheit geraten.

Der Pfarrer von Langewiesche

Georg Groddeck

Impressum

Autor: Georg Groddeck
Umschlagkonzept: toepferschumann, Berlin

Verlag: tradition GmbH, Hamburg
ISBN: 978-3-8424-1192-0
Printed in Germany

Georg Groddeck

Der Pfarrer von Langewiesche

Stroemfeld / Roter Stern
[1981]

Es ist noch nicht viel Zeit verflossen, und ältere Leute entsinnen sich der Begebenheiten, da lebte in dem Dorfe Langewiesche am Fuß des Thüringer Waldes der Pastor Gottfried Lange. Zwei volle Jahrzehnte hatte der schlichte Mann sein Amt mit Freuden geführt, ohne sich und andern das Leben durch schwere Gedanken und Zweifel zu verderben, und da er ein offenes Auge für die Schönheit der Welt hatte und gern verkündete, was ihm Wald und Feld von der Güte Gottes erzählten, klang seine Lehre den Herzen der Bauern angenehm. Sie liebten in ihrer Weise den Pfarrer, der ihnen in mancher Not treu beigestanden hatte, und wenn je einmal dieser oder jener der »Frommen« über das freie Wesen seiner Predigt schalt, so verhallte das tadelnde Wort unbeachtet.

Auch die Obrigkeit schätzte die gesunde Kraft dieses Mannes und seine wahrhaftige Offenheit. Die Aufsicht über die Schulen des Kreises wurde ihm anvertraut, und da er es verstand, die mannigfachen Zwistigkeiten zwischen den Erziehungsgrundsätzen des Staats und der Eltern beizulegen, da er die Forderungen der Regierung gewissenhaft erfüllte und doch auch die billigen Ansprüche seiner Lehrer, wenn es not tat, mutig vertrat, so wuchs sein Ansehen rings im Lande von Jahr zu Jahr, und keiner war, der nicht gern den Hut gezogen hätte, wenn er die kräftige Gestalt des Pfarrers von fern erblickte.

So waren die Tage Gottfried Langes wohl reich an Arbeit und Mühen, aber der Lohn blieb nicht aus, zumal ihm ein treues Weib zur Seite stand. Er hatte sie droben im Thüringer Wald kennengelernt, als er Vikar bei dem gestrengen und frommen Pastor Falk gewesen war. Lange hatte er um die blonde Gertrud werben müssen, denn der Pastor Falk war ein eifriger Diener des Worts, und manche freimütige Äußerung Gottfrieds hatte keine Gnade vor seinen Ohren gefunden. Endlich aber hatte der alte Herr doch eingewilligt, und nun waltete die stille Frau schon seit Jahren in dem wohlbehäbigen Pfarrhause von Langewiesche als Gefährtin des Pastors. An ihr und den zwei Kindern, die sie ihm mit einer langen Pause von neun Jahren geboren hatte, fand er alle Freude, die er nur begehren mochte.

So hätte sein Leben freundlich und friedlich bis an sein Ende dahinfließen können, da traten Ereignisse ein, die es in traurige Verwirrung brachten. Seit einiger Zeit hatte ein neuer Landrat, der Freiherr v. Trachenberg, die Verwaltung des Kreises übernommen. Der kam eines Tages in den Pfarrhof gefahren, um seiner Pflicht und seinen Befugnissen gemäß in Gemeinschaft mit dem Pastor die Ortsschule zu besuchen. Lange, der dem jungen Herrn schon hie und da persönlich begegnet war, auch manch Rühmenswertes von dem Eifer des Freiherrn durch andere gehört hatte, erzählte mit Genugtuung dem aller Verhältnisse unkundigen und in den Geschäften noch ungewandten Beamten auf dem Wege zum Schulgebäude von der Art der Lehrer und der Ausführung des Unterrichts. Denn auf die Entwicklung der Jugend in Spiel und Schule hatte er viel Mühe verwendet und er hatte versucht, in Lehrern und Kindern einen freien mutigen Geist heranzuziehen, soweit es die engen Schranken der vorgeschriebenen Regeln erlaubten. Um so mehr war er überrascht, als der Landrat ihn mitten in seinem Bericht ein wenig kurz, wenn auch nicht unfreundlich mit der Frage unterbrach, wie der Pfarrer mit dem Hauptlehrer Ziegler zufrieden sei; der Mann lasse sich allerlei Unregelmäßigkeiten im Unterricht zu schulden kommen. Der Pfarrer stutzte einen Augenblick, dann sagte er der Wahrheit gemäß:

»Paul Ziegler ist weit und breit im Bezirke der Tüchtigsten einer, und ich wüßte nicht, inwiefern er sich vergangen hat.«

Von Vergehen sei nicht die Rede, entgegnete der Landrat hastig; ihm sei jedoch von zuverlässigen Leuten berichtet worden, daß dieser Mann in einer nicht zu billigenden Weise die verderblichen Lehren Darwins zum Gegenstand des Unterrichts mache und absichtlich bestrebt sei, die heranwachsenden Kinder zu Verächtern der heiligen Schrift und der Kirche heranzubilden.

Jetzt blieb der Pfarrer stehen und sah dem Landrat fest in die Augen, und während er den Stock, den er trug, tief in die Erde bohrte und sich mit beiden Händen darauf stützte, sagte er, sich zur Ruhe zwingend:

»Der Lehrer Ziegler unterrichtet seine Schüler nach meinen Ratschlägen, und wenn jemand behauptet, die Seelen der Kinder würden dadurch dem Worte Gottes entfremdet, so ist das ein schwerer Vorwurf für mich, der ich ein Diener Gottes und ein Seelsorger bin.«

Der Freiherr, von dem durchdringenden Blick des Pfarrers verwirrt, stammelte einige Worte, daß alles nicht schlimm gemeint sei. Es könne ja ein Irrtum des Berichterstatters vorliegen, obwohl er nochmals betonen müsse, daß die Quelle, aus der er geschöpft habe, sich stets als zuverlässig erwiesen habe. Damit schritt er die Stufen des Schulgebäudes empor. Der Pfarrer aber, der ahnte, wer dem Landrat dieses Vorurteil eingeimpft habe, hielt ihn ein weniges am Arm fest und sprach:

»Das einzige, Herr Landrat, was uns armen Menschen gegeben ist, um die Wahrheit zu ergründen, sind unsere eigenen Augen. Verlassen Sie sich nicht auf die Aussagen Ihres Kreissekretärs!«

Der Landrat war blutrot geworden, da er durchschaut sah, was er hatte verbergen wollen. Aber Lange, der seine Verstimmung nicht zu bemerken schien, fuhr fort:

»Sie wissen vielleicht nicht, daß ein persönlicher Zwist zwischen dem Lehrer und Ihrem Sekretär besteht. Aber Ihre Pflicht –«

Der Freiherr v. Trachenberg machte sich schroff los.

»Sie vergessen sich, Herr Pastor«, sagte er und schritt durch die Tür der Schule, ohne noch ein Wort hinzuzufügen.

Paul Ziegler empfing die beiden Herren höflich, aber die Unsicherheit seines Blickes verriet dem Pastor, daß der Lehrer schon von der ungünstigen Meinung des Landrats unterrichtet sei. Um so fester wurde Langes Entschluß, alle Vorurteile durch die überzeugenden Tatsachen zu zerstreuen, und in kurzen Worten, mit zutrauenerweckendem Blick forderte er dazu auf, die Kinder über naturgeschichtliche Gegenstände zu prüfen. Der Herr Landrat wolle die Art des Unterrichts kennen lernen, wie sie hier unter seiner, des Pfarrers, Verantwortung eingeführt sei.

Fast eine Stunde lang hörte der Freiherr den Fragen und Antworten aufmerksam zu, dann verabschiedete er sich von Lehrer und Schülern und schritt schweigend hinaus. Vor der Tür blieb er stehen.

»Ich habe leider bestätigt gefunden, was man mir hinterbracht hatte; ich halte diese Art der Jugenderziehung für gefährlich und werde meinerseits alles tun, um Abhilfe zu schaffen. Aus Ihren Äußerungen, Herr Pastor, darf ich wohl entnehmen, daß Sie mich hierin nicht unterstützen werden.«

Lange schüttelte nur den Kopf.

»Das ließ sich denken«, fuhr der Landrat fort, »aber es ist schlimm, schlimm für die Gemeinde, daß wir unsere Tätigkeit mit einer Meinungsverschiedenheit beginnen. Ein Wink von Ihnen würde alle Schwierigkeiten beseitigen, da der Lehrer kaum gegen den Willen des Schulinspektors seine verfehlten Methoden beibehalten würde.«

Wiederum hielt der Landrat inne. Aber der Pastor gab keine Antwort.

»Wenn Sie auch der Meinung sein konnten, daß mein Kreissekretär sich von persönlichen Vorurteilen leiten lasse, so können Sie das doch nicht von *mir* annehmen. Nein, Sie können das nicht«, wiederholte er scharf, als Lange die Augen erhob und ihn ansah. »Im Gegenteil, ich habe nur das eine im Auge, Ihren Lehrer vor unberechenbarem Schaden zu behüten, und die Bitte, mich darin zu unterstützen, verdiente wohl eine Erwägung.«

»Es gibt für mich dabei nichts zu erwägen, Herr Baron. Ich würde mir selbst Unrecht tun, wenn ich meine Überzeugung verleugnete.«

»Ich sehe nicht ein, warum man sich nicht selbst Unrecht tun sollte, wenn man der Gemeinde damit dient. Aber wir werden uns kaum einigen.«

Der Landrat schritt weiter. »Ich habe noch Geschäfte auf dem Bürgermeisteramt, darf ich Sie bitten, mir den Wagen dorthin zu schicken.« Dann blieb er noch einmal stehen. »Sie haben mich vorhin an meine Pflicht gemahnt. Verlassen Sie sich darauf, Herr Pastor Lange, ich werde sie tun.«

Die beiden Männer trennten sich, und der Pfarrer schritt langsam und nachdenklich seiner Wohnung zu.

Am selben Tage noch kam der Lehrer zu ihm. Lange berichtete kurz über die Worte des Landrats. »Er wird sich an die Regierung wenden«, schloß er seine Erzählung. »Aber wir werden Recht bekommen.«

Ziegler drehte seinen Hut hin und her, dann sagte er zögernd: »Ich habe Weib und Kinder, Herr Pastor.«

Lange sah erstaunt auf: »Wozu sagen Sie mir das? Wollen Sie, daß wir beide dem sonderbaren Verlangen des Landrats nachgeben?«

Der Lehrer schlug die Augen nieder: »Sie wissen selbst, wie gern ich den Unterricht erteile, wie Sie es verlangen, und daß es die Freude meines Lebens war. Aber –«

»Nun, aber?«

»Der Kreissekretär Schulze ist mein Feind, Herr Pastor.«

Lange lachte: »Und vor dem fürchten Sie sich? Glauben Sie, das Provinzialschulkollegium läßt sich vom hiesigen Kreissekretär Vorschriften machen ?«

»Das nicht, gewiß nicht, aber es weht ein anderer Geist, seitdem der junge Herr an der Regierung ist.«

Lange erhob sich und sah den Lehrer erstaunt an, und als der den Kopf noch mehr senkte, sagte er: »Welch eine seltsame Vorstellung haben Sie von den Menschen und ihren Beweggründen! Ich sollte mit Ihnen schelten. Sie tun nur, was Ihnen Ihr Vorgesetzter befiehlt. Es kann Ihnen nichts geschehen. Ich allein trage die Verantwortung!«

Der Lehrer nickte ein paarmal mit dem Kopf, dann erhob er sich schwerfällig und ging.

Eine kurze Zeit verstrich nach dem Zusammentreffen des Landrats mit dem Pfarrer von Langewiesche, da zeigten sich die Folgen ihres Zwistes. Gottfried Lange erhielt ein Schreiben der Regierung, in dem er aufgefordert wurde, über die Person des Hauptlehrers Paul Ziegler und über seinen Einfluß auf die Schuljugend zu berichten. Im besonderen wünsche man nähere Angaben über die Art des naturwissenschaftlichen Unterrichts in der Langewiescher Volksschule zu erhalten, da von der landrätlichen Behörde Bedenken gegen das dort geübte Verfahren vorgebracht worden seien.

Der Pfarrer antwortete klar und mit der ganzen Kraft seiner Überzeugung, daß er den Lehrer Ziegler seit mehr als einem Jahrzehnt genau kenne, daß gegen seine Person nicht das Mindeste einzuwenden sei, und daß er gerade wegen seines günstigen Einwirkens auf die moralische Ausbildung seiner Schüler das höchste Lob verdiene. Der naturgeschichtliche Unterricht sei von ihm selbst, dem Pfarrer und Kreisschulinspektor, schon seit Jahren in bestimmte Bahnen gelenkt worden, die, wie die mündlichen Äußerungen der besichtigenden Schulräte und die Verfügungen der Regierung bewiesen, gerechte Billigung der Behörden gefunden hätten und von ihnen mehrfach andern Anstalten als mustergiltig hingestellt worden seien.

Mit diesem Schreiben hielt der Pfarrer die Angelegenheit für abgetan. Daher war er erstaunt, als schon nach einigen Tagen eine zweite Aufforderung zu einem neuen ausführlichen Bericht über die Schulverhältnisse Langewiesches einlief. Die Behörde berief sich dabei auf eine kürzlich erlassene Verfügung, in der in Anbetracht der wachsenden Verbreitung sozialdemokratischer und irreligiöser Ansichten den Schulen auf das dringendste eine möglichst weitgehende Sorge für die sittliche Ausbildung der Kinder auf den Grundlagen der christlichen Lehre anempfohlen war. Was die Person des Ziegler anbetreffe, so gehe aus den Beschwerden des Landrats und aus den Aussagen eines einwandfreien Zeugen hervor, daß dieser

Lehrer selbst in dem Verdacht stehe, sozialdemokratische Gesinnungen zu hegen, wenn er sich nicht gar an Wahlumtrieben zu Gunsten dieser religions- und vaterlandsfeindlichen Partei beteiligt habe. Jetzt merkte der Pfarrer, daß bei diesem Handel leicht allerlei Verlegenheiten für seinen Lehrer entstehen konnten. Und da er als ein rechtlicher Mann gewohnt war, sein Wort zu halten, auch wohl Sorge empfand, sein eigenes Streben, die Jugend seiner Gemeinde in echter freier Frömmigkeit zu erziehen, könne Schaden leiden, wenn er nicht bei Zeiten vorbeuge, so erwog er in seiner Antwort sorgfältig jeden Satz und jedes Wort. An besonnen ausgewählten Beispielen, gegen die sich nichts einwenden ließ, wies er die Erfolge des in der Langewiescher Schule geübten Verfahrens nach, während er den Verdacht gegen die politische Gesinnung des Ziegler durch die einfache Erzählung der Vorgänge am zweckmäßigsten zu zerstreuen glaubte: daß nämlich der Lehrer vor einigen Jahren wirklich, wenn auch nicht zu Gunsten der sozialdemokratischen Partei, so doch zu Gunsten der Person eines Führers dieser Partei in der Öffentlichkeit das Wort ergriffen habe. Bei Gelegenheit einer Wahlversammlung, in der der bekannte sozialdemokratische Agitator Brandes gesprochen habe, seien die Bauern von Langewiesche, aufgehetzt von dem Kreissekretär Schulze, in bedrohlicher Weise auf den Redner eingedrungen, und nur dem kaltblütigen Auftreten des Lehrers Ziegler sei es zu danken gewesen, daß es damals nicht zu groben Ausschreitungen gekommen sei. Bei niemandem, schloß Lange diesen Teil seines Berichts, hat das Eingreifen Zieglers irgend welches Bedenken erregt, vielmehr sind alle ernsten Männer des Dorfes ihm noch heute dafür erkenntlich, daß er sie vor einem unbesonnenen Schritt bewahrt hat. Einzig und allein der Kreissekretär Schulze hegt seit jener Zeit einen Groll, der ab und zu in kleinlichen Umtrieben und Reibereien zu Tage tritt.

Das ruhige Prüfen der Tatsachen, zu dem der Pfarrer durch diese Antwort genötigt wurde, hatte seine eben erwachte Sorge wieder einigermaßen beschwichtigt. Und als nun gar an einem der nächsten Tage der Schulrat Bernhard auf seiner Besichtigungsreise in Langewiesche eintraf und, wie es bei seiner genauen Bekanntschaft mit dem Streben des Pfarrers und den Fähigkeiten Zieglers nicht anders zu erwarten war, seine Hilfe in dem Streit zusagte, gab Lange sich gern der Hoffnung hin, alles werde zum Besten ausgehen.

Diese zuversichtliche Stimmung ließ er sich auch nicht stören, als der Lehrer bald darauf mit Umgehung des Schulinspektors persönlich eine Warnung von der Behörde erhielt, sich mehr als bisher an die neue Verfügung über die sorgfältige Erziehung der Schüler zum christlichen Glauben zu halten. Ja, da Ziegler, in einer dem Pfarrer unbegreiflichen Angst, ein Wort davon fallen ließ, daß der Landrat mit dem Minister v. Tümmingen verschwägert sei, ließ sich Lange zu einem heftigen Spruch hinreißen, mit dem er dem Lehrer derlei unpassende und unwürdige Reden verwies.

Wirklich schienen die Hoffnungen des Pfarrers von Langewiesche in Erfüllung zu gehen. Zum Beweis, daß er nicht müßig gewesen sei, schrieb der Schulrat Bernhard, alles stehe gut; er habe mit verschiedenen einflußreichen Personen gesprochen, und aller Voraussicht nach würden die Schule von Langewiesche und deren Lehrer unbehelligt bleiben, da man nach den bisher gemachten Erfahrungen geneigt sei, einen weiteren Versuch mit der Lehrmethode zu machen.

Diese günstige Nachricht traf ein, als der Pfarrer eben auf einem andern Gebiete einen Sieg über den Landrat v. Trachenberg davongetragen hatte, allerdings nicht ohne harten Kampf. Der Gemeinde Langewiesche gehörte noch aus den katholischen Zeiten her eine kleine, auf niedrigem Hügel gelegene Wallfahrtskapelle. In ihr stand eine alte aus Holz geschnittene Gruppe, Christus am Kreuz hängend und zu beiden Seiten am Boden Maria und der Jünger Johannes. Es ging die Sage, ein aus dem Reiche zugewanderter Meister habe sie lange vor den Tagen des Protestantismus aufgestellt, um sich vor der frommen und eifrigen Gemeinde von dem Verdachte der Ketzerei zu reinigen. Allen Zeitenstürmen trotzend hatte sich bei den Langewieschern der Brauch erhalten, dreimal im Jahr, am Karfreitag, Himmelfahrtstag und beim Erntedankfest in feierlichem Zug auf den Kalvarienberg, wie man den kleinen Hügel mit der Kapelle nannte, zu wallfahren und dort auf der Wiese gelagert dem Worte Gottes zu lauschen, wie es der Pfarrer von den Stufen der Kapelle verkündete. Schon oft hatten Staat und Liebhaber versucht, das alte Bildwerk anzukaufen. Ihr Vorhaben war aber stets an der altväterlichen Denkart der Bauern gescheitert. Letzthin jedoch waren mit dem größeren Verkehr, wie ihn Handel und Militärdienst mit sich brachten, neue Gesinnungen aufgekommen, und da bei den immer steigenden Anforderungen der Zeit die Mittel der Gemeinde knapper wurden, fehlte es nicht an Stimmen, die zu einem günstigen Verkauf des wertvollen Christusbildes rieten. Vor allen anderen war es der Bürgermeister des Orts, Christian Schreiner, der, wie er am besten die Leere der Gemeindekasse kannte, auch am meisten bestrebt war, ihr neue Schätze zuzuführen. Ihm gegenüber stand Gottfried Lange. Die feierlichen Handlungen, die er alljährlich auf dem Kalvarienberg leitete, waren die hohen Feste seines gleichförmigen Lebens, und das Christusbild, wie es aus dem Hintergrunde des Waldes auf Wiese und Bach hinabschaute, war ihm ein Bild seiner tröstlichen Überzeugung, daß ringsum alles stirbt, um neues Leben zu gebären. Bisher war es ihm stets gelungen, über die verkaufslustige Partei im Dorfe zu siegen, so hohe Summen auch schon für das hölzerne Cruzifix geboten worden waren.

Neuerdings aber hatte der rührige Bürgermeister wieder angefangen, unter der Hand Gesinnungsgenossen für den Verkauf der Gruppe zu werben, wobei er denn das beträchtliche Angebot des hauptstädtischen Museums und die Verlegenheit des Gemeindesäckels in das rechte Licht zu setzen wußte. Einen tätigen Helfer bei seinem Streben hatte er in dem Landrat v. Trachenberg gefunden, der seltsamer Weise keine Gelegenheit vorübergehen ließ, um die halsstarrigen Bauern zur Annahme des Kaufgebots zu überreden. Der Pfarrer von Langewiesche, dem gefällige Leute hie und da ein Wort über die heimliche Wühlarbeit der beiden Beamten zutrugen, sah nichts Arges darin, da er mit seinem rechtlichen Sinn jedes Menschen Handeln nach den Beweggründen abzuschätzen gewohnt war, und die schienen ihm bei den mißlichen Verhältnissen der Gemeindeeinnahmen offen zu Tage zu liegen. Während der Versammlung jedoch, in der über die Angelegenheit beraten und abgestimmt wurde und in der die Bauern wie bisher immer den Vorschlag der Museumsverwaltung zurückwiesen, fiel ein Wort, das sein argloses Gemüt mit einem häßlichen Verdacht vergiftete. Der Bürgermeister, ein hitziger und mit der Zunge voreiliger Mann, erhob sich, als er seine Parteigenossen durch das eindrucksvolle Auftreten Gottfried Langes abtrünnig werden sah, kurz vor der Entscheidung nochmals und erzählte in selbstgefälliger Weise, wie er letzthin bei dem Freiherrn v. Trachenberg den Schwager des

Landrats, Exzellenz v. Tümmingen, kennen gelernt habe, der, wie man wohl wisse, Kultusminister sei. Der habe ihn beiseite genommen und dringend mit den größten Versprechungen gebeten, doch ja für den Verkauf der Gruppe einzutreten. Es liege ihm, dem Minister, viel daran, dies schöne Kunstwerk der Hauptstadt zu gewinnen, und an Gelegenheiten, den Langewieschern ihr Entgegenkommen zu vergelten, werde es nicht fehlen. Hierbei nun fiel dem Pfarrer ein, wie neulich Ziegler von des Landrats Verwandtschaft mit dem Minister gesprochen hatte, und trotz aller Scham und allen Zornes über sich selbst vermochte er den Gedanken nicht niederzukämpfen, daß die nahen Beziehungen der beiden Männer zu einander einen Einfluß auf den Gang der Geschehnisse hätten. Seit jenem Tage tauchte dieser sinnlose Argwohn gelegentlich empor, bis er allmählich zur sicheren Überzeugung des unglücklichen Lange wurde.

Die zuversichtliche Stimmung des Pfarrers wurde schon bald auf die Probe gestellt. Zwei Tage nach jener Versammlung ereignete sich ein Vorfall, der dem Laufe der Ereignisse eine für Ziegler verderbliche Richtung gab, und auch der Pfarrer selbst wurde dadurch in eine häßliche Angelegenheit verwickelt. Während des Sonntagsgottesdienstes entstand nämlich in der Kirche eine Störung, verursacht durch einen jungen, kürzlich erst aus der Schule entlassenen Burschen, der, von kindischer Prahlsucht verführt, mitten in der Liturgie ein unsauberes Trinklied anstimmte. Nun kommen derlei Ungezogenheiten immer von Zeit zu Zeit vor und der Vorfall hätte recht wohl mit der gebührenden Züchtigung des Knaben erledigt werden können, zumal sich herausstellte, daß der Streich in der Trunkenheit verübt worden war. So war auch die Meinung der Bauern von Langewiesche, deren harte Köpfe nicht leicht aus der Fassung zu bringen waren und die ihre Söhne mit starker Faust zu zügeln pflegten. Das Gerücht aber hatte geschäftig die Nachricht über die weitere Umgegend verbreitet, und die Sache kam, entstellt und vergrößert, dem Landrat zu Ohren. Wie es wohl sein Recht sein mochte, kam er schon am nächsten Tage nach Langewiesche, um persönlich den Frevler zu vernehmen. Mochte es nun wirklich, wie Ziegler und später auch der Pfarrer annahm, der Fall gewesen sein, daß der Landrat durch die Art seiner Fragen dem jungen Menschen die Antwort in den Mund legte, mochte es sein, daß der, in die Enge getrieben, von selbst auf die verhängnisvolle Ausrede verfiel, kurz der Bursche entschuldigte sich in unklaren und kindischen Redensarten damit, daß er, von den Eltern in Frömmigkeit erzogen, allmählich durch den Unterricht des Ziegler allen kindlichen Glauben verloren habe und zu der Überzeugung von der Verächtlichkeit der christlichen Kirche gebracht worden sei. Nun hätte es nahe gelegen, vor allem die Eltern über den Charakter ihres Sohnes zu vernehmen, der Landrat aber brach seine Untersuchung rasch ab und überließ, als ob er genug wisse, alles Weitere dem Bürgermeister.

Eine Woche nach diesem Vorfall traf bei dem Pfarrer von Langewiesche in seiner Eigenschaft als Kreisschulinspektor eine Verfügung der Schulbehörde ein, daß gegen den Hauptlehrer Paul Ziegler das Disziplinarverfahren eingeleitet sei und daß er vorläufig seines Amtes suspendiert werde.

Lange machte sich sofort auf, um dem Lehrer Trost zuzusprechen. Schon unterwegs begegnete ihm Ziegler, und beide Männer schritten nun, dem Laufe der Wiesche folgend, aus dem Dorfe hinaus, um ungestört zu besprechen, wie das Übel abzustellen sei. Der Lehrer war hoffnungslos und gebrochen. Die Trostworte des Pfarrers ließ er über sich ergehen, ohne etwas zu erwidern, und er schüttelte nur von Zeit zu Zeit den Kopf, wenn Lange davon sprach, daß er nicht ruhen und rasten wolle, bis diese Ungerechtigkeit wieder gut gemacht sei. Endlich blieb der Lehrer stehen, schob sich den Hut aus dem Gesicht, der ihm tief über die Stirn gerutscht war, und sagte langsam:

»Herr Pastor, das wird nicht wieder gut. Ich hab' mein Wahrzeichen im Haus. Jedesmal, wenn es ein Unglück bei uns gab, hat's meine Frau mir vorher angezeigt. Und jetzt ist's wieder soweit.«

Lange, der wohl wußte, worauf der Lehrer hinauswollte, machte schweigend einige Schritte, dann zwang er sich zu der Frage:

»Es ist so weit – das soll heißen, sie trinkt wieder, Ihre Frau?«

Ziegler nickte nur mit dem Kopfe, und die beiden gingen still weiter. An dem Steg, der über die Wiesche hinüber zum Calvarienberge führte, blieb der Lehrer wieder stehen, wies mit dem Arm nach der Kapelle und sagte:

»Wenn ich den am Kreuz nicht hätte, es war' nicht zu tragen. Und auch so. Manchmal denk' ich – ich weiß, es ist unrecht, Herr Pastor, und der Mensch soll nicht so denken, aber manchmal ist mir's, als sei es leichter, am Kreuz zu hängen, als solch ein Leben zu führen mit der Frau.«

Er kehrte um und als der Pastor aus seinem Sinnen auffahrend fragte: »Haben Sie nie daran gedacht, Ziegler –« unterbrach er ihn hastig mit den Worten:

»Nein, nein, das geht nicht! Gedacht habe ich schon daran, wer weiß wie oft. Aber es geht der Kinder wegen nicht, daß ich mich scheiden lasse, und auch der Frau wegen nicht; sie ist sonst gut, und es kommt ja nur selten über sie. Wollte Gott, ich könnt's verhindern, daß es überhaupt jemand erfährt! Ich trag's im Geheimen und weiß doch, daß darüber gesprochen wird. Nun, das ist jetzt auch einerlei. Jetzt ist alles verloren!«

Da sah der Pfarrer dem verzweifelten Mann mit festem Blick in die Augen, gab ihm die Hand und sagte: »Nichts ist verloren, so lange ich da bin.« Ohne noch ein weiteres Wort zu wechseln, gingen die beiden in das Dorf zurück.

Nach einem langen und ernsten Gespräch mit seiner Frau, in dem er mit ihr, wie er es zu tun pflegte, alles erwog und beriet, reiste der Pfarrer noch an demselben Tage nach Magdeburg, um persönlich die Sache des Ziegler zu führen. Auch war er fest entschlossen, lieber seine eigene Existenz aufzugeben, als sich irgendwie der Verantwortung zu entziehen, zu der er sich seinem Untergebenen gegenüber verpflichtet fühlte.

Sein erster Gang war nach der Wohnung des Schulrats Bernhard. Zu seiner Enttäuschung mußte er dort hören, daß sein Gönner, von dem er sicher Unterstützung erwartet hatte, seit geraumer Zeit nach Karlsbad gereist war, um dort wie alljährlich Linderung seines Leberleidens zu suchen. Man wies ihn an den Vertreter Bernhards, den Regierungsrat Ellermann.

Schon verstimmt durch dieses erste Mißgeschick, geriet Lange in innere Empörung, als er in Ellermann einen Beamten kennen lernte, der mit ein paar leeren Scherzen, daß die nährende Mutter Natur diesem ihrem Jünger gewiß irgendwie Unterhalt geben werde, wenn der Staat ihn auch fortjagen müsse, über die Sache hinweggehen wollte. Auf die ernste Antwort des Pfarrers, daß es sich hier um die Existenz eines treuen und verdienten Mannes handle, der, wenn ihn überhaupt eine Schuld treffe, diese Schuld leicht auf die Schulabteilung der Regierung selbst abwälzen könne, was sich kaum durch ein Wortspiel verhindern lasse, erklärte ihm der Regierungsrat in hochmütigem Tone, während er sich rückwärts mit beiden Händen gegen den Schreibtisch lehnte und lässig die Beine übereinanderschlug, allerdings falle die Schuld, die gewiß vorhanden sei, auf einen Vorgesetzten Zieglers zurück und Lange tue am besten, sich möglichst ruhig zu verhalten, da er bei unnötigem Lärmschlagen wohl selbst zur Verantwortung gezogen werden könne. An der Suspendierung des Lehrers sei vorläufig nichts zu ändern. Da jedoch der Kultusminister selbst die Sache angeregt habe, sei auf eine genaue, wenn auch strenge Untersuchung zu rechnen. Nach diesen Worten verbeugte sich Ellermann kühl und schritt zur Türe, ohne auch nur eine Antwort abzuwarten.

Lange ging nachdenklich die Straße hinab. Er hatte die Drohung des Regierungsrates ruhig hingenommen, war er sich doch seines Wertes und der Achtung der Behörden bewußt. Nur die Erwähnung des Kultusministers machte ihn stutzig. Nach einigen Augenblicken der Niedergeschlagenheit zwang er sich jedoch zu seiner gewohnten Zuversicht und bald war es ihm gelungen, sich selbst dazu zu überreden, daß die Angelegenheit so, wenn sie auf Veranlassung des Kultusministers betrieben würde, eher zu einem guten Ende kommen müsse. Er ging dabei von der Voraussetzung aus, daß der Gesichtskreis des Menschen mit dem Steigen seiner Stellung wachse und daß billigerweise ein Minister sich besser in die gesunden Pläne der Langewiescher Schule hineindenken werde als ein beliebiger Regierungsrat. Mit einem raschen Entschluß machte er sich von allen Bedenken frei und ging, um seine Absichten weiter zu verfolgen, schnurstracks zum Oberpräsidenten der Provinz.

Der Oberpräsident v. Natzmer, ein kleiner beweglicher Mann, empfing den Pfarrer auf das freundlichste. Echt herzlich sprach der alte Herr seine Freude darüber aus, einmal den Pfarrer von Langewiesche kennenzulernen, dessen Wirken in Unterricht und Schule er immer mit besonderem Interesse verfolgt habe. Zu seinem Bedauern höre er ja, daß augenblicklich allerlei Schwierigkeiten mit einem der Lehrer entstanden seien. Als nun Lange hastig erklärte, gerade diese Schwierigkeiten führten ihn her, da allem Anschein nach ein Lehrer in höchst ungerechter Weise gemaßregelt werden solle, bedeutete Natzmer ihm mit einigem Nachdruck, daß des Pfarrers Worte voreilig seien, da, soviel er wisse, die Untersuchung eben erst eingeleitet sei, bat jedoch, ihm die Sache vorzutragen, so wie sie ihm, dem Pfarrer erscheine. Er werde dann nach Einsicht der Akten, die gegenwärtig der Regierungsrat Ellermann zur Bearbeitung habe, sich eine Meinung bilden und dementsprechend seinen Einfluß nach der einen oder anderen Seite geltend machen. Die umständliche Art, in der der Oberpräsident das alles vorbrachte, in der er auch wohl die Erzählung mit allerlei Zwischenfragen unterbrach, reizte den Pfarrer nicht wenig, da er, sich selbst ganz klar über die Lage der Dinge, nicht begreifen wollte, daß ein anderer irgendwie Bedenken trage. Jedoch sah er mit Befriedigung, daß Natzmer mit Aufmerksamkeit zuhörte und sich von Zeit zu Zeit auf einem abgerissenen Zettel Notizen machte. Ja Lange faßte neue Hoffnung, als dieser vornehme und sichere Mann bei der Erwähnung des Ministers plötzlich aufsprang und in heller Empörung ausrief:

»Wir richten nach Recht und Gerechtigkeit und nach unserer inneren Überzeugung. Niemandem und wenn es der Minister selber ist, soll es gelingen, den Spruch der Schulabteilung zu beeinflussen.«

Ruhiger werdend fügte er dann hinzu, daß ihm nichts von einer Anregung des Ministeriums bekannt sei, wenn damit nicht die Verfügung über strengere Handhabung des Religionsunterrichts gemeint sei. Der Regierungsrat Ellermann wisse jedoch jedenfalls besser mit allem Bescheid. Er ging ein paarmal offenbar erregt im Zimmer umher und sagte dann in seltsamem Gegensatz zu seinen eigenen Worten: »Sie tun am besten, sich an Exzellenz v. Tümmingen selbst zu wenden. Er kann Ihnen helfen, wenn er will. Uns sind die Hände gebunden!« Und als er das erstaunte und niedergeschlagene Gesicht Langes sah, fuhr er rasch fort: »Wir müssen uns an die Verfügung des Kultusministeriums halten, und mit der steht Ihr Langewiescher Unterrichtsverfahren im Widerspruch.« An das Fenster tretend und so sein Gesicht vor den Blicken des Pfarrers verbergend, sagte er dann noch:

»Kennen Sie irgend jemanden, der Ihnen Gehör bei Seiner Exzellenz verschafft?« Und da Lange das verneinte, erbot er sich, ihm eine Empfehlung an den vortragenden Rat im Kultusministerium Widerholt mitzugeben. Er selbst erfreue sich leider nicht der Gunst des Herrn Ministers. Damit setzte er sich auch gleich nieder und schrieb den Brief, wie er es versprochen hatte. Lange nahm das Schreiben und ging.

Dieser seltsame Abschied hatte seine Hoffnung sehr herabgemindert. Er glaubte kaum noch an ein Gelingen seines Vorhabens. Um jedoch nichts unversucht zu lassen, beschloß er, weiter nach Berlin zu fahren und womöglich mit dem Minister selbst zu verhandeln. Die Zeit bis zum Abgang des Zuges benutzte er, um an seinen Freund, den Schulrat Bernhard einen ausführlichen Bericht über den Verlauf der Dinge zu schreiben, mit der dringenden Bitte, sich doch des ganz unschuldigen und ohnehin unglücklichen Ziegler anzunehmen. Diese Aussprache, in der er sich noch einmal alles vergegenwärtigte, stimmte ihn wieder zuversichtlicher. Er konnte sich nicht denken, daß man wirklich einen braven Beamten eines unglücklichen Zufalls wegen, für den er nichts konnte, bestrafen werde.

Nach langem Warten wurde der Pfarrer bei dem vortragenden Rat vorgelassen. Widerholt durchflog, indem er den Besucher zum Sitzen einlud, rasch den Brief des Oberpräsidenten. Als ob ihm irgend etwas bei dem Lesen aufgefallen sei, unterbrach er sich plötzlich und fragte: Langewiesche? Ob das nicht das Dorf mit dem schönen hölzernen Christus sei. Lange bejahte und Widerholt, während er von Schwierigkeitsmachern und dann noch um Gefälligkeit bitten vor sich hinmurrte, las den Brief noch einmal sorgfältig durch. Schließlich, nachdem er sich auch noch alles hatte erzählen lassen, meinte er: Er werde gern versuchen, etwas in der Sache zu tun. Ganz einfach sei das allerdings nicht; denn abgesehen davon, daß der Minister eigne Ansichten über Religion und Naturgeschichte habe, gehöre der Fall vor die Provinzialbehörde, die eine Einmischung des Ministeriums durchaus nicht liebe. Immerhin werde ein fürsprechendes Wort seitens Seiner Exzellenz wahrscheinlich alles zum guten Ende bringen, zumal die Untersuchung auf seine Veranlassung hin eingeleitet sei. Nur frage er sich, ob der Minister sich dazu bereit finden werde. Er schwieg einen Augenblick, und als

Lange gespannt aufsah, fuhr er, bedächtig sich im Stuhl zurücklehnend und die Hände über dem Bauch faltend, fort:

»Wir sind hier nicht gut auf Langewiesche zu sprechen, seitdem diese halsstarrigen Bauern dort uns den schönen Christus nicht gönnen.«

Lange, von einem unsinnigen Verdacht überfallen, fragte betreten: was denn dieser Christushandel mit der Untersuchung gegen Ziegler zu tun habe?

Mit der Untersuchung habe das allerdings nichts zu tun, sagte der Rat, seine Brille abnehmend und sie umständlich mit dem Taschentuch putzend. Die sei Sache der Provinzialregierung, und der Minister könne höchstens Fürsprache erheben. Aber Lange müsse doch einsehen, daß es selbst von einem Ministerium zu viel verlangen heiße, wenn man von ihm fordere, für Leute einzutreten, die ihm Knüppel in den Weg würfen. Er setzte die Brille wieder auf und jedes Wort betonend sagte er:

»Der Herr Minister wünscht Ihren Christus für das Museum zu erwerben, weil, nun sagen wir, weil eine einflußreiche Person Wert darauf legt, dies Stück Holz in Berlin zu haben.«

Lange war blaß geworden. Langsam erhob er sich. Auch der Rat war aufgestanden und fuhr, während er den Pfarrer ansah, mehrmals mit der flachen Hand über die Platte des Schreibtisches, als ob er etwas wegwische, dann sagte er mit einem gleichgültigen Lächeln:

»Soviel ich verstanden habe, Herr Pastor, fühlen Sie sich für das Schicksal Ihres Lehrers verantwortlich. Ich werde sehen, ob ich Ihnen helfen kann. Seine Exzellenz treffen Sie nicht an. Er ist auf einer Dienstreise in den Rheinlanden, wird aber voraussichtlich in kurzer Zeit seinen Schwager Trachenberg besuchen. Sprechen Sie mit ihm!« Lange, der wohl fühlte wie es in ihm kochte, verbeugte sich stumm und ging.

Der einfache Mann war im tiefsten erschüttert. Er vermochte das, was er eben gehört hatte, in seiner Einfalt nicht zu deuten und seiner vom Argwohn empfindlich gemachten Rechtlichkeit wollte es bedünken, daß er da zu einem seltsamen Handel aufgefordert sei. In sich gekehrt reiste er nach Langewiesche zurück und verbrachte dort leere Tage, in denen er vor sich hinbrütete. Seine Frau, daran gewöhnt, daß der Gatte alle Sorge mit ihr teilte, machte jetzt zum erstenmal in ihrer Ehe die herbe Erfahrung, daß in einem Mann Kämpfe vor sich gehen, von denen er nicht erzählt. Ihre fragende Teilnahme wurde barsch zurückgewiesen. Wenn schon diese Rauheit, die ihr an dem Pfarrer ganz neu war, sie betrübte, stieg ihr Kummer bis zur Angst, als Lange nach dem Eintreffen eines Briefes aus Berlin, an dessen Umschlag sie die Handschrift des Schulrats Bernhard erkannte, aus der dumpfen Stimmung in eine heftige Aufregung verfiel. Da sie nichts über die Ursachen dieser auffallenden Veränderung in Langes Charakter erfuhr, tat sie das, was ihr einzig übrig blieb, sie umgab ihren Mann mit doppelter Sorgfalt.

Bernhard schrieb, daß er sofort nach dem Empfang der seltsamen Nachrichten seinen Aufenthalt in Karlsbad unterbrochen habe und nach Berlin geeilt sei, um dort persönlich die Aufhebung des Disziplinarverfahrens zu betreiben, da er sich durch die Einmischung des Ministeriums in hohem Grade verletzt fühle. Von Widerholt sei ihm sofort Hilfe zugesagt worden und am gestrigen Abend habe er auch bei dem parlamentarischen Diner des Reichskanzlers Gelegenheit gehabt, Exzellenz Tümmingen selbst zu sprechen. Dann hieß es, »der Minister hat eingesehen, daß die Mitteilungen des Landrats Trachenberg, auf Grund deren er gehandelt hat, nicht einwandfrei sind. Wir, Widerholt und ich, sind auf übermorgen zu ihm beschieden, um mit ihm eingehend alles zu besprechen«.

Daß in diesem Brief, der in anderer Stimmung gelesen, den Pfarrer gewiß beruhigt hätte, mit keiner Silbe des Ansinnens vom Verkauf des geschätzten Christusbildes gedacht wurde, steigerte nur die Verwirrung Langes, denn seine Seele war zu sehr mit dem beschäftigt, was er bei sich mit Recht Schacher nannte, als daß er nicht vor allem nach der Lösung dieses Zweifels verlangt hätte. Daß Widerholt vielleicht gar nicht an einen Zusammenhang zwischen der Verweigerung des Christusbildes und dem Verfahren des Ministers gedacht hatte, vielmehr nur einen Weg zur Gunst der Exzellenz hatte zeigen wollen, kam ihm nicht in den Sinn.

Bisher hatte es Lange vermieden, mit seinem Schützling Ziegler zusammenzutreffen, der übrigens, sich still im Hause haltend, jede Begegnung mit Menschen geflissentlich zu vermeiden schien. Erst der Brief Bernhards bewog den Pfarrer, sich nach der Wohnung des Lehrers aufzumachen. Fast schon in der Tür begegnete er dem ihm wohlbekannten Agitator Brandes, demselben Mann, der vor Jahren durch Zieglers Dazwischentreten vor der Roheit der Langewiescher Bauern geschützt worden war. Lange, dem der ungewohnte Besucher des Schulhauses auffiel, trat in der Vorahnung unangenehmer Verwicklungen auf ihn zu, um womöglich den Zweck seines Kommens zu erfahren. Brandes blickte erst verlegen bei Seite und murmelte etwas davon, daß er es für eine Pflicht der Dankbarkeit halte, dem früheren Beschützer Trost zuzusprechen, dann hob er die Augen, sah dem Pfarrer ins Gesicht und sagte:

»Ich bin gekommen, zu helfen, Herr Pastor.«

Lange wollte eben die Bitte aussprechen, Brandes solle sich nicht voreilig in die Sache einmischen, als der Agitator in bitterem Tone fortfuhr:

»Wir geringen Leute lassen einander in der Not nicht im Stich. Das ist das Vorrecht der satten Herren, mögen sie nun den Leib oder die Seele der Armen knechten.«

Der Pfarrer fühlte sich in seiner niedergeschlagenen Gemütsverfassung von diesem Vorwurf, so ungerecht er auch war, im Innersten getroffen und schritt mit einem scheuen Gruß an Brandes vorbei in das Haus. Schon auf dem Flur hörte er das Keifen der Lehrersfrau, die immer noch nicht aus ihrer trunksüchtigen Zeit heraus war und als er eintrat, stürzte das wütende Weibsbild ihn mit haßerfülltem Blick aus den rotangelaufenen Augen anstierend auf ihn zu; er solle sich zum Teufel scheren. Da gehöre so einer hin, dessen Gemeinheit einen Lehrer vom Amt bringe, so daß er mitsamt Weib und Kindern verhungern müsse. Damit packte sie eines der beiden Kinder, das mit dem Finger in dem Mund mitten aus dem Heulen heraus verwundert nach dem Besucher hin schaute, am Arm und stieß es zornig ins Zimmer zurück und als Lange nach dem Lehrer fragte, schrie sie noch:

»Den kriegen Sie nicht zu sehen, der ist fort. Aber ich habs dem Brandes gesteckt, und der wird's Ihnen schon eintrichtern, Sie scheinheiliges Luder.«

Dann schlug sie die Tür zu und der Pfarrer kehrte doppelt besorgt über das Hauskreuz des Lehrers und über die Gefahr, die von der Einmischung des Agitators drohte, in seine Wohnung zurück.

Die bösen Vorahnungen des Pfarrers bestätigten sich. Zwei Tage nach der Begegnung mit Brandes erhielt Lange von dem Schulrat Bernhard die Nachricht, daß der Minister nicht zu bewegen sei, sich zu Gunsten Zieglers zu verwenden. Ganz im Gegensatz zu dem eingehenden Interesse, das er neulich gezeigt habe, sei von ihm diesmal jede Erörterung mit dem Wort abgeschnitten worden, ein staatlich angestellter Lehrer, der mit staatsfeindlichen Subjekten unter einer Decke stecke, habe damit allein schon sein Amt verwirkt, ganz gleich, ob er sonst noch etwas auf dem Gewissen habe oder nicht. Das entspreche dem ausdrücklichen Wunsch des regierenden Herrn, das entspreche auch der gemeinen Vernunft. Dabei habe er ein Blatt der Arbeiterzeitung vorgezeigt, das in einem maßlosen Hetzartikel gegen die Regierung die ganze Zieglersche Angelegenheit entstellt und verzerrt erzählte. »Durch diese unglückliche Einmischung«, fuhr der Schulrat fort, »sei es nun, daß Ziegler sie selbst herbeigeführt oder nur nicht verhindert hat, ist die Sachlage auch für mich verändert. Der Minister ist in seinem Recht, und ich würde an seiner Stelle nicht anders handeln. Geheimrat Widerholt gibt Ihre Sache noch nicht verloren. Er läßt Ihnen sagen, Sie möchten nach seinem Rat handeln. Worin dieser Rat bestanden hat, weiß ich nicht, habe auch nicht darnach gefragt, da für mich die Angelegenheit erledigt ist.«

Mit diesem Brief, aus dem Lange die gereizte Stimmung seines Gönners herauslas, ging er zu seiner Frau. Zu seinem Erstaunen griff diese sofort den Rat Widerholts auf und redete ihrem Mann zu, in der Verkaufssache des Christusbildes nachzugeben. Mit einer Gefälligkeit sei viel zu erreichen und es sei geradezu Mutwillen, dem Minister in dieser Sache Schwierigkeiten zu bereiten. Verwirrt über diese plötzliche Entdeckung, daß sein Weib andere sittliche Begriffe zu haben schien als er selbst, sagte der Pfarrer finstern Blicks, daß er das nicht tun werde, wenigstens nicht jetzt. Man dürfe das Recht nicht kaufen und bei diesem Spruch blieb er trotz aller Überredungskunst, die der besorgten Frau ihre Liebe zu dem Gatten eingab.

So liefen die Tage ins Land. Die Untersuchung gegen Ziegler ging ihren langsamen Gang mit Berichten, Anfragen und wieder Berichten, und der Pfarrer sah mit Spannung und insgeheim finstere Entschlüsse erwägend ihrem trostlosen Ende entgegen. Noch einmal versuchte seine Frau ihn von der Hartnäckigkeit, mit der er jeden Schleichweg zu einem günstigen Spruch zurückwies, abzubringen, als die Nachricht kam, daß der Minister Tümmingen zum Besuch seines Schwagers Trachenberg auf dessen Gut eingetroffen sei. Lange blieb dabei, Recht sei Recht, und Unrecht Unrecht. Da faßte die tapfere Frau, die in dunkler Vorahnung das Verhängnis über ihrem Manne schweben sah, den Plan, selbst zu handeln. Unter dem Vorwand einer Reise in die Stadt, wie sie sie wohl öfters zu allerlei Einkäufen und Besorgungen unternahm, fuhr sie zu Trachenbergs. Gemeinsame Tätigkeit in allerlei Wohltätigkeitsvereinen hatte sie öfter mit der Frau des Landrats zusammengeführt, und eine Vereinsangelegenheit benutzte sie auch, um ihren Besuch zu erklären. Wie sie es erwartet hatte, forderte nach Beendigung des Geschäfts Frau v. Trachenberg, die von der Einsamkeit des Landlebens gelangweilt, keinen Gast entließ, ohne sich mit ihm gründlich ausgeplaudert zu haben, die Pfarrersfrau auf, noch ein Stündchen zu bleiben. Ganz von ungefähr brachte nun Frau Lange das Gespräch auf Ziegler und wie man ihn so ganz ungerechter Weise für den Artikel im Arbeiterfreund verantwortlich mache, da doch die Frau allein daran schuld sei. Dann, als ob sie die Zurückhaltung der Frau v. Trachenberg, die eine große Miene der unbeeinflußbaren Beamtenfrau zur Schau trug, achte, wechselte sie den Gesprächsstoff, erzählte dieses und jenes und kam endlich damit hervor, daß ja nun der Christus doch verkauft werde, da der Pfarrer den Widerstand aufgegeben habe. Frau v. Trachenberg, erregt durch die Nachricht, ließ sofort ihren Bruder, den Minister v. Tümmingen, herunterbitten und teilte ihm mit, was sie gehört hatte. Die Pfarrersfrau, als sie sah, wie günstig diese Botschaft bei dem Minister gewirkt hatte, schmiedete schon einen Plan, wie sie nun am besten ihr Anliegen betreffs Zieglers vorbringen könne, als Frau v. Trachenberg ihr unerwartet zu Hülfe kam. In ihrer Gutmütigkeit wollte sie die gute Nachricht wettmachen, und da sie mit weiblicher Schlauheit recht wohl vermutet hatte, was der Zweck des Besuchs sei, auch wußte, daß der Landrat durch eine harte Bestrafung des Lehrers in den Ruf des Hetzers zu geraten fürchtete, stellte sie dem Minister vor, wie Ziegler ganz unschuldig an dem Artikel des Arbeiterfreundes sei. Wirklich erlangten die Frauen mit ihrem Eifer ein halbes Versprechen des hohen Beamten, daß er sich der Sache noch einmal annehmen wolle. Wenn er auch nicht alles verhindern könne, hoffe er doch soviel zu erreichen, daß statt der Dienstentlassung auf Strafversetzung erkannt werde.

Mit diesem Ergebnis kehrte die Pfarrersfrau nach Langewiesche zurück und, um ihrem Manne jeden Ausweg zu versperren, sprach sie, noch ehe sie heimkehrte, bei dem Bürgermeister Schreiner vor, um ihn von der vorgeblichen Meinungsänderung Langes zu unterrichten und ihn zu bitten, gleich auf morgen eine neue Beratung über den Verkauf des Christusbildes anzusetzen. Mit klopfendem Herzen ging sie dann daran, dem Pfarrer von ihrer Unternehmung zu erzählen.

Wider alles Erwarten nahm Lange ihren Bericht ruhig hin. Während der Abwesenheit seiner Frau war Ziegler bei ihm gewesen. Das verstörte Wesen des Lehrers, den er noch vor kurzem als klaren und bedächtigen Mann gekannt hatte, war für ihn ein überaus trauriger Anblick gewesen und da er aus einigen Anspielungen Zieglers auf den Calvarienberg, wie es so gut sei, dort zu hängen, zu entnehmen wähnte, daß der Mann mit einem verzweifelten Plan umging, war ihm zu Mute, als ob er selbst ans Kreuz geschlagen werden sollte. Deshalb griff er ratlos zu der einzigen Rettung, die ihm durch die Vermittlung seiner Frau geboten wurde und sagte zu, sich dem Verkauf des Holzbildes nicht mehr zu widersetzen.

Am nächsten Morgen durcheilte eine Kunde das Dorf, die allen Bemühungen Langes ein Ende setzte. Ziegler hatte sich in einem Anfall von Verzweiflung auf dem Boden seines Hauses aufgehängt. Diese Nachricht traf den Pfarrer in dem Augenblick, als er schweren Herzens und voll Scham über den schmutzigen Handel, in den er sich verwickelt sah, zu der Versammlung ging. Mit zerrissenem Gemüt, nicht wissend, was er tun und lassen solle, wohnte er den Verhandlungen bei, ohne sich daran zu beteiligen. Erst als der Bürgermeister, bedrängt von dem Widerspruch seiner Gegner, sich darauf berief, daß der Herr Pfarrer selbst jetzt von der Zweckmäßigkeit des Verkaufs überzeugt sei, erhob er sich und sprach von den erstaunten und vorwurfsvollen Blicken der Bauern völlig aus der Fassung gebracht, einige verwirrte Worte: daß er allerdings das Versprechen gegeben habe, für den Verkauf des Christusbildes zu stimmen, daß er jedoch nach wie vor ein Gegner dieses Handels sei. Die Gunst des Ministers sei nur um den Preis des Christusbildes zu gewinnen gewesen; da der Minister aber Tote nicht auferwecken könne und somit seinen Teil des Paktes nicht halten werde, betrachte auch er sich seines Versprechens entbunden und rate wie immer von dem Verkauf des alten Heiligtums ab. Die Bauern, die den Zusammenhang der Dinge nicht kannten und sich in den dunklen Andeutungen des Pfarrers nicht zurechtfanden, sahen einander verwundert an. Ein leises Flüstern entstand, das sich zum Murren steigerte, als jetzt der Bürgermeister wild gemacht durch den Gedanken, Lange habe ihn absichtlich bloßstellen wollen, ausführlich von dem Besuch der Pfarrersfrau erzählte und mit den Worten schloß, wenn es nicht der Pfarrer von Langewiesche wäre, könnte man auf den Verdacht kommen, es werde doppeltes Spiel getrieben. Dem Pfarrer schwoll die Zornesader und sich mühsam beherrschend, bat er die Versammlung abzubrechen, da er zur Zeit nicht imstande sei, Aufklärungen zu geben. Das schreckliche Schicksal Zieglers, den man in den Tod getrieben habe, komme ihm nicht aus dem Sinn und raube ihm die ruhige Überlegung, die bei Geschäften nötig sei. Trotz des Einspruchs, den der Bürgermeister erhob, vertagte sich die Versammlung, aber es blieb eine Mißstimmung gegen ihren Pfarrer unter den Einwohnern Langewiesches zurück, der seine seltsame Handlungsweise in den folgenden Wochen reichlich Nahrung gab.

Lange vermochte sich nicht mehr in der Welt zurechtzufinden. Der Selbstmord seines Schützlings hatte ihm eine tiefe Wunde gerissen, zumal sich herausstellte, daß der letzte entscheidende Schlag von einer Hand geführt worden war, von der es Lange niemals erwartet hätte. In Zieglers Hinterlassenschaft fanden sich nämlich Briefe eines bei der Schulabteilung der Provinz angestellten Schreibers, eines Schulkameraden des Toten, der dem Lehrer von Zeit zu Zeit über die Aussichten des Disziplinarverfahrens berichtet hatte. Am Tage vor dem Tode war nun von diesem Manne die Mitteilung gekommen, daß der Schulrat Bernhard, der sich früher so warm für Ziegler verwendet hatte, auf Grund des Hetzartikels in dem Arbeiterfreund und unter Berufung auf die Meinung des Kultusministers den Antrag auf Absetzung gestellt habe und daß keine Aussicht auf eine Milderung der Strafe mehr sei. Viel tiefer noch als dieses unglückliche Spiel des Zufalls griff in Langes Seele der Gram darüber, daß er sich selbst untreu geworden und von der Bahn des Rechts abgewichen war. Mochte seine Frau, mit der er gleich nach der Versammlung eine Aussprache hatte, die Dinge noch so sehr drehen und wenden, im Innern sagte er sich doch, daß das ganze Benehmen seiner Gattin ein Bestechungsversuch gewesen war, und daß er, der Pfarrer von Langewiesche, seine Einwilligung dazu gegeben hatte. Dieses Mißtrauen gegen die eigene Rechtlichkeit verließ ihn nicht mehr und untergrub langsam die Wurzeln seiner Kraft. Dazu kam, daß der Anblick seiner Mitschuldigen, deren Handeln er übrigens begreiflich fand und ihr nicht schwer anrechnete, den Gewissensvorwurf täglich und stündlich wach erhielt. So zerstörte er durch sein Grübeln sich selbst die Wohligkeit seines Hauses und seiner Ehe, da er doch bei seinem Ringen mit der Welt dieser Stütze mehr als je bedurft hätte.

Aus dieser seltsamen Gemütsverfassung heraus, die der eines Kindes glich, wenn ihm zum erstenmal die Grausamkeit des Lebens entgegentritt, sprach der Pfarrer von Langewiesche an Zieglers Grabe. Das Bestreben, wenigstens den Namen des unglücklichen Toten von jedem Flecken zu reinigen, gab ihm schärfere Worte ein, als es wohl schicklich war, und den milden Text, den er gewählt hatte: Richtet nicht, auf daß Ihr nicht gerichtet werdet, gestaltete er anknüpfend an eine Schilderung der Vorgänge in eine flammende Anklagerede gegen das Verfahren der Schulbehörde um. An sich war es im Dorfe schon unliebsam vermerkt worden, daß die Leiche des Selbstmörders nicht wie sonst gebräuchlich still in der Ecke des Kirchhofs eingescharrt, sondern feierlich vom Pfarrer selbst auf dem letzten Wege geleitet und mitten zwischen den Grabhügeln ehrlich gestorbener Bauern in die Erde gesenkt wurde. Als nun gar von den wenigen, die dem Begräbnis aus Neugier beigewohnt hatten, der Inhalt der Leichenrede verbreitet wurde, wie ihre harten Köpfe ihn aufgefaßt hatten, machte man bedenkliche Gesichter, zumal einer der Bauern, dessen besonnenes Wesen viel galt, rund heraus erklärte, der Pfarrer sei selbst an dem ganzen Unglück schuld, da er den Ziegler zum Widerstand gegen die Vorschriften der Aufsichtsbehörden angestiftet habe. Dies Wort fand umsomehr Eingang bei den

Leuten, als die Lehrersfrau, die jetzt erst recht im Schnaps Vergessen suchte, in vom Trunk verblendetem Haß den Pastor als den bezeichnete, der sie ins Elend gebracht habe.

Bei dieser aufsässigen Stimmung des Dorfes hieß es soviel, wie Öl ins Feuer gießen, daß Lange, nachdem er sich die ganze Zeit nicht um die Schulangelegenheiten gekümmert hatte, am Tage nach der Bestattung den stellvertretenden Lehrer Schwarz zu sich beschied und ihm auftrug, den Unterricht in genau derselben Weise zu geben, wie es Ziegler getan habe. Auf den schüchternen Einwand des jungen Mannes, daß das den Vorschriften der Provinzialregierung zuwider handeln heiße, erwiderte er kurz, das sei seine, des Schulinspektors Sache; der Lehrer habe zu gehorchen. Schwarz, dem das Schicksal seines Vorgängers deutlich zeigte, wohin dieser Weg führen könne, erklärte, daß er sich freilich füge, daß er aber eine Anzeige von diesem, nach seiner Ansicht unbilligen Befehl an die höhere Behörde erstatten müsse. Von dem eigenen Mut, dem Pfarrer Gottfried Lange Widerstand geleistet zu haben, überrascht und ohnehin von sich nicht wenig eingenommen, schilderte Schwarz seine Heldentat noch an demselben Tage im Wirtshaus den nachdenklich lauschenden Bauern, wobei er es an jugendlicher Prahlerei nicht fehlen ließ.

Die Anzeige des Lehrers blieb nicht ohne Folgen. Lange erhielt vom Oberpräsidium einen scharfen Verweis und den ausdrücklichen Befehl, sich in Zukunft streng an die Vorschriften der Regierung über die Erziehung zu christlicher Gesinnung zu halten. Er schob dieses Schreiben mit einem bitteren Gefühl des Ekels bei Seite, da er sich bewußt war, daß niemand besser als er christlich gesinnt und mehr bemüht sei, den Geist des Christentums zu verbreiten. Zu offener Widersetzlichkeit aber reizte ihn ein gleichzeitig eingetroffener Brief des Schulrats Bernhard, der ihm in wohlmeinender Absicht, aber etwas schulmeisterndem Ton schrieb, Lange solle den Bogen nicht zu straff spannen. Die unpassende Rede an Zieglers Grab sei ihm nicht vergessen und man warte im Ministerium nur auf eine Gelegenheit, den unbequemen Schulinspektor zu beseitigen.

Diese Warnung faßte der Pfarrer in dem schwarzen Mißtrauen, das er jetzt allen Menschen und Dingen entgegenbrachte, als eine

Drohung auf und in aufloderndem Zorn beschloß er zu erproben, ob man es wirklich wagen werde, ihn nach einer jahrzehntelangen verdienstreichen Tätigkeit davonzujagen. Da er aber einsah, daß der junge Schwarz sich nimmermehr dazu verstehen werde, seinem Ansinnen zu folgen, unternahm er es, den von ihm selbst erteilten Religionsunterricht so umzugestalten, daß er Katechismus Katechismus sein ließ und lieber seine Lehren von dem Wirken Gottes in der Natur den Kindern darstellte, wie es in seiner feurigen Seele lebte.

Diese merkwürdige Art, den Kindern das Christentum ohne die fünf Hauptstücke und die Fragen: »was ist das -« beizubringen, wollte den Langewiescher Bauern nicht in den Sinn. In ihrer Anhänglichkeit an das Althergebrachte erschien ihnen der Unterricht wie Teufels Werk und so stark war ihr Vorurteil für Überlieferung, daß ihnen, die doch Lange seit zwanzig Jahren kannten, ihr Pastor selbst als heidnisch verdächtig wurde. Wenn sich nun auch niemand fand, der ausdrücklich Klage über den Pfarrer geführt hätte, so konnte es doch nicht fehlen, daß die Gerüchte über Langes Verfahren, da sie immer von neuem Gegenstand des Wirtshausgespräches waren, nach außen drangen. Ja schließlich nahm das Reden über die gottlose Erziehung der Langewiescher Kinder so überhand, daß sich die berufenen Behörden in die Sache einmischten und Erhebungen anstellten. Da sich nun die Übertretung der ministeriellen Vorschriften nicht verbergen ließ, Lange auch den Vorgesetzten gegenüber kein Hehl aus seinen Gesinnungen machte, war das Ende, daß ihm sein Amt als Kreisschulinspektor genommen, ihm auch die Weiterführung des Religionsunterrichts untersagt wurde. Gleichzeitig ging ein Bericht an das Konsistorium ab, in dem gegen den Pfarrer von Langewiesche Beschwerde erhoben wurde.

Die Folge war, daß Lange, der recht wohl einsah, welchen gefährlichen Weg er ging und daß er um die Freiheit seines Gewissens und seines Glaubens kämpfe, die einzige Zuflucht wählte, die ihm noch geblieben war, die Kanzel. Von dorther suchte er die Herzen, die sich immer mehr von ihm abwandten, wieder zu gewinnen und ihnen in Worten, die aus der Tiefe seiner Seele quollen, auszulegen, wie ihm Gott und Welt erschienen. Daß er damit genau das Gegenteil von dem erreichte, was er wollte, verschärfte nur die quälende Bitterkeit seiner Seele, und als nun gar eines Tages sein alter

Schwiegervater, der Pastor Falk, aufgestachelt von zutragenden Freunden, aus dem Gebirge herabkam und dem Sohn und Amtsbruder in rechtgläubigem Zorn Vorhaltungen machte, wie er statt christlich Gottes Wort zu lehren, dem Teufel den Weg bahne, geriet Gottfried Lange in solche Erregung, daß er dem alten Herrn Freundschaft und Verwandtschaft kündigte und ihm kurzer Hand die Tür wies. Der Greis, im Innersten getroffen, ließ sich weder durch die rasche und aufrichtige Reue Langes, noch durch die Bitten seiner Tochter, die sich weinend an ihn hing, versöhnen und kehrte mit den prophetischen Worten, der Herr werde den Frevler an Leib und Seele schlagen, in derselben Stunde dem ungastlichen Haus den Rücken. Noch während die verhängnisvollen Worte über seine Lippen glitten, hatte Lange erkannt, daß er das Herz seiner Frau tödlich verwunde. Und bald mußte er auch einsehen, daß sich die Kluft, die er zwischen sich und der Gattin aufgerissen hatte, nicht überbrücken lasse, so verzweifelt er sich auch abmühte, vergessen zu machen, was geschehen war. Fühlte er doch deutlich, daß nur noch die Frau zwischen ihm und dem Verderben stand.

In der Gemeinde hatte er jeden Anhang verloren. Das trat deutlich zu Tage, als nach einigen Wochen die so jäh unterbrochenen Verhandlungen über den Verkauf des Christusbildes wieder aufgenommen wurden. Der Pfarrer, der bisher immer zahlreiche Gefolgsmänner bei seinem Kampf gegen den Verkauf gehabt hatte, stand diesmal mit seiner Ansicht ganz allein und er war scharfsichtig genug, zu erkennen, daß es bei den meisten, die jetzt gegen ihn stimmten, nicht die Überzeugung von der Zweckmäßigkeit des Handels, sondern der Haß gegen ihn, den Pfarrer war. Es wurde ausgemacht, daß die Gruppe droben auf dem Calvarienberg gegen die gebotene Summe an das Berliner Museum abzutreten sei, daß sie aber bis nach dem Erntedankfest der Gemeinde verbleiben solle, da man noch einmal, der Sitte getreu, das Wort Gottes unter dem Schutz des alten Kreuzes vernehmen wollte.

Dem Pfarrer von Langewiesche, der in ohnmächtigem Schweigen die Abstimmung verfolgt hatte, fuhr, als er diesen Zusatz hörte, die Frage durch den Kopf, ob er es sein werde, der diesen letzten Gottesdienst abhalten werde. Niedergeschlagen verließ er die Versammlung, wohl merkend, wie sich hinter ihm flüsternde Gruppen bildeten, und da durch das eben Gehörte in ihm die Begierde geweckt war, das ihm so werte Kunstwerk noch einmal genau zu betrachten, ging er rasch ausschreitend dem Bach entlang nach dem Calvarienberge. Als er in der Kapelle angelangt war, schaute er prüfend zu dem Kreuz empor, betastete es und strich leise und zart über das harte Eichenholz der Balken hin. Es fiel ihm auf, daß er noch niemals den hoch hängenden Christus in der Nähe gesehen hatte. Wenn er sich auf den Zehen aufrichtete, kamen seine Augen in gleiche Höhe mit dem schweren Trittbrett, auf dem die Holzfigur stand. Wie es zu gehen pflegt, daß man die nächstliegenden Dinge am wenigsten beachtet, so hatte der Pfarrer auch nie bemerkt, daß die Füße des Gekreuzigten nicht, wie es sonst wohl der Fall ist, übereinander geschlagen waren, sondern daß jeder einzeln an das Kreuz angenagelt war. Die weit vorragenden breiten Köpfe der Nägel schienen ihm nicht so verrostet zu sein, wie man es bei dem Alter des Bildwerks annehmen sollte. Man hatte, wie Lange sich jetzt erinnerte, die früheren vom Alter zerfressenen entfernt und durch neue ersetzt. Neugierig, zu sehen, ob auch an ihnen schon die Zeit gewütet habe, klammerte sich der Pfarrer an dem Standbrett des Christus an und zog sich daran in die Höhe, während er mit den Zehen einen Halt an der schmalen Ausladung des Kreuzfußes fand. Er rüttelte an den Eisen, und während seine Gedanken unwillkürlich abschweiften und ihm plötzlich das Wort Zieglers einfiel, daß es viel besser sei, ruhig am Kreuz zu hängen, als zu leben, prägten sich ihm die dreieckige Form der Nägel, die er tastete, und die unverwüstliche Festigkeit des aus dem Kreuzholz roh herausgearbeiteten Trittbretts, an dem er sich hielt, tief in das Gedächtnis ein. Und da dieses körperliche Berühren gleichsam seine Sehnsucht gestillt und sein Herz mit Friede angefüllt hatte, vergaß er seine Absicht, das Angesicht des Gekreuzigten in der Nähe zu betrachten und kehrte nachdenklich, aber seltsam heiteren Gemüts in das Dorf zurück.

Zu Hause empfing den Pfarrer die Nachricht von einem neuen Verdruß. Seine Frau erzählte ihm, daß der ältere Sohn, ein Kind von vierzehn Jahren, vor kurzem weinend und mit zerzausten Kleidern heimgekommen sei. Er habe wie gewöhnlich auf der Gemeindewiese mit den Schulbuben, zu denen er sich hielt, obwohl er nicht mit ihnen zusammen unterrichtet wurde, Schlagball gespielt. Es sei zum Streit gekommen, bei dem der Junge, seinem leidenschaftlichen

Naturell folgend, heftig Partei genommen habe. Plötzlich habe einer der Knaben, der älteste Junge vom Bürgermeister, geschrieen: »Halts Maul, Du, Du gehörst nicht zu uns und kannst froh sein, wenn wir Dich nicht wegjagen, wie sie Deinen Vater aus der Schule gejagt haben!«

Gottfried Lange biß die Zähne aufeinander. Er empfand die Beleidigung seines Kindes schmerzlicher, als wenn ihm selbst Schmach angetan worden wäre. Mühsam, das Zittern seiner Stimme unterdrückend, fragte er, wo der Knabe sei. Die Mutter sah ihn prüfend an und sagte dann zögernd, sie habe ihn droben auf sein Bett gelegt und er werde wohl schlafen. Sie wolle ihm aber nicht verschweigen, daß das nicht die einzige Kränkung sei, die sie in den letzten Tagen erfahren hätten. Sie selbst, die Pfarrersfrau merke es schon seit geraumer Zeit, daß man ihr auf den Straßen ausweiche und den Gruß zu vermeiden suche. Dabei schaute sie ihren Mann mit einem bittenden Blick an, vor dem der Pfarrer erblaßte. Ohne ein Wort zu erwidern, erhob er sich und stieg schwerfällig die Treppe hinan, um zu seinem Sohne zu gehen. Bei dem saß er bis spät in den sinkenden Abend, sprach mit ihm gütig und ernst und verwandelte mit lindem Wort die kränkende Bitterkeit der Kindesseele in einen Eindruck heilsamen Leids.

Als er den Knaben verlassen hatte, ging er mit sich zu Rate. So weit war es also schon gekommen! An ihn, den Pfarrer, wagte man sich noch nicht. Aber wie lange konnte es noch dauern, wenn jetzt schon seine Familie Nichtachtung erfuhr? Dabei wußte er, daß er leichter selbst Haß und Erniedrigung tragen könne als das Unrecht mit ansehen, das man den Seinen zufügte.

Ohne zu einem Entschluß zu kommen, trug Lange seine schwarzen Gedanken Tage und Wochen lang mit sich herum. Mit mißtrauischen Augen verfolgte er das Benehmen der Leute, denen er auf der Straße begegnete, fragte Weib und Kind aus, wie dieser oder jener, mit dem er sie hatte sprechen sehen, sich betragen habe und gelangte in seiner Furcht vor Kränkungen schließlich dazu, seine Angehörigen mehr als billig und dienlich an das Haus zu fesseln. Ein krankhafter Haß gegen die Menschen schlich sich in sein Herz ein, vermischt mit einem ihn selbst verzehrenden Ekel vor der Grausamkeit des Schicksals, das ihn, den völlig Schuldlosen, verfolge. Denn da er in diese Wirrnisse mit reinem Gewissen hineingeraten und nun von Tag zu Tag durch die Ereignisse weiter gerissen worden war, hatte er nicht bemerkt, wie er in dem Kampf für das Recht die Grenze überschritten und sich selbst in seiner Halsstarrigkeit ins Unrecht gesetzt hatte. Er wurde irre an allem, was er heilig gehalten hatte, und seine Verbitterung, gesteigert und genährt durch die Einsamkeit seiner Seele, brachte ihn zum Hader mit seinem Glauben und trieb ihn immer weiter in den Mißbrauch seines Amtes. Die Worte, die jetzt von der Kanzel ertönten, wurden von einem finsteren Geiste geboren. Die ruhige Überlegenheit, mit der er früher die Schranken des Dogmas betrachtet und geachtet hatte, verwandelte sich in wahnsinnigen Hohn über die Torheit der Menschen, die sich Christen nannten und ihre Nächsten verfolgten und marterten, die den Gott im Geist und in der Wahrheit anzubeten vorgaben und ihm Altäre und Kirchen errichteten. Bei alledem erkannte er wohl, daß dieser Zustand unhaltbar war, unhaltbar vor allem für seine Frau und die Kinder, die er wehrlos Beleidigungen ausgesetzt sah. Lange sehnte die Entscheidung herbei.

Die kam. Der Pfarrer erhielt von dem Konsistorium die Aufforderung, sich über seine Amtsführung und über seinen Glauben zu verantworten. Er atmete auf, als ob er endlich ein lang ersehntes Ziel erreicht habe. Er ahnte, was diese Aufforderung zu bedeuten habe und rüstete sich zu dem letzten Kampf, der, wie er wußte und wünschte, mit dem Untergang enden mußte. Vor allem sollten nun seine Angehörigen fort. Sie wären ihm hinderlich gewesen und er brauchte seine Kraft und seine Freiheit. Lange teilte seiner Frau mit, daß sie noch heute samt den Kindern zu dem Vater in das Gebirge reisen müsse. Und als sein Weib Einwendungen machte und wenigstens um Aufschub bat, da sie nach Weibesart noch Tausenderlei vorher erledigen zu müssen glaubte, sagte er finstern Blicks, sie solle tun, was er befohlen habe, und kehrte ihr den Rücken. Schon reisefertig, die Kinder an der Hand führend, versuchte die treue Frau, deren Herz von bösen Ahnungen schwer war, noch einmal die schüchterne Bitte, sie nicht fortzuschicken; es sei ihr schönstes Recht, mit ihm das Leid zu tragen. Da sah der Pfarrer sie mit einem unbeschreiblichen Ausdruck des Grams an, beugte sich, gleichsam um die Frau daran zu erinnern, daß sie nicht allein für sich zu entscheiden habe, zu den beiden Kindern nieder, küßte sie und sagte:

»Sorge für sie! Sie sind Dein und was Du tust, soll Recht sein!«
Dann nahm er Abschied von seinem Weibe und schritt, während
sein Gesicht starr und hart wurde, in sein Zimmer, ohne sich umzu-
sehen.

So ganz einsam geworden und, seit er die Seinen von sich ge-
schickt hatte, von niemandem mehr geliebt als von seinem Gram,
ließ der Pfarrer von Langewiesche seine Seele in der Öde verdorren.
Berichte an das Konsistorium, an die Regierung, an die Synode, an
den Minister, Reisen nach der Provinzialhauptstadt und nach Berlin, und wieder Berichte und wieder Reisen füllten einen Teil der
Zeit aus. Wenn er unbeschäftigt war, saß Lange vor sich hinbrütend
da und nährte sein Herz mit der Bitterkeit seiner Gedanken. Sonntag für Sonntag aber schritt er, den wachsenden Unmut der Gemeinde nicht achtend, zur Kirche und schrie seinen Groll in die
leeren Mauern hinaus, da die murrenden Bauern sich längst des
Kirchgangs entwöhnt hatten.

Mittlerweile spitzten sich die Verhandlungen des Konsistoriums
über den unerhörten Fall immer mehr zu. Unter der Hand gab man
Lange zu verstehen, es sei das Beste, rasch ein Ende zu machen und
den Abschied einzureichen, da er sonst schimpflich abgesetzt werde. Er wies den Vorschlag zurück.

Kurz darauf traf ein jammervoller Brief seiner Frau ein. Der Vater
setzte ihr Tag und Nacht zu, sich von dem Pfarrer loszusagen und
sie wisse nicht aus noch ein mehr vor innerer Not. Daß sie selbst zu
Lange gehöre und niemals von ihm lasse, wenn es auch ihrer Seele
Seligkeit koste, sei ihr klar. Aber Falk habe die Herzen der Kinder,
besonders des ältesten Sohnes, in seinem frommen Eifer ganz dem
Vater entfremdet und sie merke von Tag zu Tag, wie auch ihre Bemühungen, die Gestalt des Vaters dem unwissenden Knaben im
besten Lichte zu zeigen, an Einfluß verlören. Er solle ihr raten, helfen, er solle kommen, sonst breche ihr das Herz vor Qual und Ge-
wissensangst. Lange antwortete: daß er ihr von Herzen für ihre
Liebe danke, daß er aber nicht kommen könne, ehe der Kampf aus-
gekämpft sei. Über die Kinder habe sie zu entscheiden. Er müsse es
tragen, wenn sie wie alle Welt ihn verleugneten. Was auch geschehen möge, er wisse, daß sie recht handle.

Am folgenden Samstag erhielt der Pfarrer die Nachricht, daß er seines Amtes enthoben sei. Der Geistliche des Nachbardorfes sei angewiesen, den Gottesdienst in Langewiesche zu versehen, bis der zum Stellvertreter ernannte Vikar eingetroffen sei. Lange, der sich so seiner letzten Zuflucht beraubt sah, schwankte, ob er sich dem Befehl fügen oder trotz des Verbots selbst auf die Gefahr eines öffentlichen Ärgernisses hin morgen die Kanzel besteigen solle. In heftiger Gemütsbewegung eilte er ins Freie. Auf der Dorfstraße stand eine Gruppe junger Leute, die, als sie den Pfarrer herankommen sahen, trotzig die Mützen in die Stirn zogen und, ohne sich zu regen, den Weg versperrten. Lange, in einem Anfall von Zaghaftigkeit, wollte zur Seite ausweichen, besann sich aber und trat mitten unter die Burschen, die von seinem herrischen Blick verschüchtert, mit ehrerbietigem Gruß zurücktraten. Schweigend kehrte der Pfarrer ihnen den Rücken und schritt wieder nach Haus. Von diesem Tag an verließ er den Pfarrhof nicht mehr.

Der Vikar traf ein und nahm im Wirtshaus Wohnung. Einige Zeit darauf erschien der Bürgermeister Schreiner, geleitet von einem Regierungsbaumeister und dem Zimmermann des Dorfes bei dem Pfarrer und teilte ihm, um Entschuldigung bittend, mit, daß allerlei bauliche Veränderungen in dem Pfarrhause vorgenommen werden müßten, und daß man dem Pastor anheimstelle, dem unvermeidlichen Lärm und Wirrwarr auszuweichen und für einige Zeit seine Wohnung mit einer andern zu vertauschen. Den höhnischen Rat, seinen Schwiegervater im Gebirge zu besuchen, wagte Schreiner schon nicht mehr auszusprechen, so furchtbar drohend hatte sich die Gestalt Langes emporgereckt. Im nächsten Augenblick aber hatte sich der Pfarrer wieder gefaßt und sagte gleichmütigen Tons: ihn störe der Lärm nicht. Die Herren möchten tun, was ihres Amtes sei.

Es kam nicht so weit, daß der Pfarrer sich hätte von Maurern und Zimmerleuten in seinem Hause belagern lassen müssen. Das gegen ihn angestrengte Verfahren nahm einen raschen Verlauf, nachdem er suspendiert war und endete mit seiner Absetzung. Allerdings stand ihm die Berufung frei, aber seine Kraft war schon halb gebrochen und der Zorn, der ihn aufrecht erhalten hatte, war in der Einsamkeit einem Gefühl tiefen Elends und Jammers gewichen. Jetzt, da die Entscheidung seinen lang gehegten Gedanken den Inhalt genommen hatte, entstand in ihm das Gefühl trostloser Leere. Nach einer in dumpfem Schlaf verbrachten Nacht regte sich in ihm der Wunsch, seine ermattete Seele, wie er es in guten Zeiten zu tun pflegte, ehe er noch menschenscheu geworden war, in der freien Natur zu erquicken. Er erinnerte sich, daß heute Erntedankfest war und, während blitzartig das Christusbild des Calvarienberges vor ihm auftauchte, überlegte er sich, daß in kurzer Zeit das ganze Dorf leer sein müsse, da alles, was gehen könne, nach der Kapelle zum Gottesdienst wallfahrten werde. Wirklich war die Straße wie ausgestorben, als Lange aus dem Hause trat, und freier aufatmend schritt er längs der stillen Häuser vorwärts an der Kirche und dem Schulhaus vorbei aus dem Dorf hinaus nach der Richtung, die weitab von dem Calvarienberge nach der Kreisstadt zu führte.

Während des scharfen Ausschreitens kam ihm der Gedanke, noch in dieser Stunde Langewiesche zu verlassen, um durch eine persönliche Aussprache mit dem Minister festzustellen, ob eine Berufung gegen die Absetzung Erfolg verspreche. Mit der Absicht, rasch einige Gegenstände zusammenzupacken, die er brauchen konnte, kehrte er um. Er stutzte, als er vom Dorfe her einen mit ein paar Möbeln und allerlei Gerümpel beladenen Karren auf sich zukommen sah. Ein magerer struppiger Hund mit blöden Augen und weit heraushängender Zunge war vorgespannt; neben dem zog ein halbwüchsiger Knabe krampfhaft die Last vorwärts, während ein etwas älterer Bursche von hinten gegenstemmend schob und von Zeit zu Zeit durch Zuruf und Peitschenhiebe den abgehetzten Köter antrieb. Seitwärts davon und halb zurück schwankte in zerlumpten Kleidern ein betrunkenes Weib einher, das hie und da, wenn sie über einen Stein torkelte, sich bückte, den Stein aufhob und mit einem heiseren Fluch in das Feld schleuderte. Lange fuhr zusammen, als er in der Megäre da vor sich die Frau des Lehrers Ziegler erkannte, die heut mit ihren ältesten Söhnen und ihrem wenigen Eigentum, soweit es noch nicht vertrunken war, das Schulhaus verlassen mußte, nachdem man sie darin noch eine Zeitlang aus Mitleid geduldet hatte. All die Zeit her hatte der Pfarrer den Gedanken an diese unselige Frau zu verscheuchen gesucht, da er ihr Unglück in überempfindlicher Gewissenhaftigkeit sich als Schuld anrechnete. Nun sie ihm jetzt unerwartet und furchtbar vor Augen trat, war ihm, als ob er sein böses Gewissen leibhaftig vor sich sehe. Unfähig, auch nur ihren Anblick zu ertragen, viel weniger imstande, mit ihr zu sprechen, wandte er sich rasch und eilte davon. Aber schon hatte die wütende Frau mit dem eigentümlichen Scharfblick des Hasses ihn mitten aus dem Branntweindusel heraus erkannt und mit dem rasenden Wort: das ist er, schlagt ihn tot, den Hund, schleuderte sie den Stein, den sie in der Hand hielt, nach dem Pfarrer, bückte sich, raffte von neuem Straßenkot und Kiesel und schleuderte wieder. Da nun die beiden Burschen, an derlei Szenen gewöhnt, die tolle Mutter mit lauten Scheltworten, die sie keifend erwiderte, zu bändigen suchten und der Hund aufgereizt durch das Geschrei heulend und bellend an den Strängen zerrte, überfiel den Pfarrer, matt und abgespannt wie er war, plötzlich eine seltsame Angst, die ihn, ohne daß er selbst wußte warum, zur Flucht trieb.

Nicht einen Blick rückwärts werfend, rannte er ohne Besinnen dahin, bis er endlich atemlos und von heftigem Seitenstechen geplagt anhalten mußte. Langsam schritt er weiter, und da er auf einer Anhöhe angelangt in einiger Entfernung den Bahnhof der Kreisstadt liegen sah, tauchte infolge einer leicht erklärlichen Gedankenverbindung vor ihm die Stunde auf, wie er vor Jahren dieselbe Straße gegangen war, um sich sein Weib im Gebirge zu holen. Wie sich nun in den letzten Tagen bei dem unglücklichen Manne die Krankhaftigkeit seiner Gemütsverfassung schon oft in einem jähen Wechsel überwältigender Gefühle gezeigt hatte, die fast bis zu Visionen anwuchsen, so kam es auch jetzt, daß ihn eine unwiderstehliche Sehnsucht nach seiner Frau und seinen Kindern packte. Und als seien in dieser Sehnsucht mit einem Male alle Sorgen und alles Leid untergegangen, trat in seinem Innern eine ruhige Sicherheit ein, die er seit langem nicht mehr gekannt hatte. In dieser Zuversicht, bei den Seinen den Frieden wieder zu finden, beschloß er, mit dem nächsten Zuge in das Gebirge zu seinem Schwiegervater zu reisen, um dort seine Angehörigen wiederzusehen.

Als Lange am Nachmittag auf dem Pfarrhof seines Schwiegervaters ankam, eilte ihm schon von fern, als ob sie ihn erwartet habe, die Frau in heller Freude entgegen und warf sich in seine Arme. Den jüngsten Knaben, der der Mutter nachlief, während der ältere scheu an der Haustür stehen geblieben war, emporhebend, sprach sie mit einem lieben Ausdruck in Stimme und Blick: »Sieh, das ist der Vater!« Dann aber, da das Kind, verschüchtert durch das vergrämte Gesicht des Mannes, sich abwendend den Kopf an ihrer Schulter barg, war es, als wenn sich ein Schatten über ihre Seele lege. Sie preßte den Sohn an sich, blickte zu Boden und sagte in einem leise klagenden Tone : »Du hast lange gebraucht, um Dich hierherzufinden, zu lange vielleicht.« Als nun der Mann, glücklich in ihrer Nähe, sie und das Kind wieder an sich ziehen wollte, wich sie ihm aus, sah scheu nach den Fenstern des Hauses und schritt mit den Worten: »Der Vater hat uns gesehen und er will mit Dir sprechen«, voran der Türe zu.

In Lange, der alles andere eher als einen solchen Empfang erwartet hatte, loderte die Empörung auf und gab ihm noch einmal die alte Kraft wieder. Den Arm seiner Frau fassend, riß er sie an sich und sagte, drohend nach dem Hause deutend: »Du gehörst mir. Du und die Kinder, Ihr seid mein!« In diesem Moment fiel sein Blick auf den älteren Sohn, der wie zum Schutz der Frau vorgesprungen war und, ohne die Augen zum Vater zu wenden, ängstlich in der Mutter Gesicht spähte.

Dem Pfarrer fiel ein, was seine Frau vor einigen Wochen über die Gesinnung der Kinder gegen ihn geschrieben hatte, und in dem Wahn befangen, daß er wie alles übrige auch die Liebe der Seinen verloren habe, ließ er den Arm, den er umklammert hatte, los, senkte den Kopf und schritt, scheu die Augen des Knaben, die der jetzt mit einem tiefen Ausdruck aufschlug, vermeidend, hinter der Frau her in das Haus.

In das Zimmer des Schwiegervaters eintretend, blieb er, mit bangem Herzen, wie ein Schuldbewußter, dicht an der Tür stehen. Der Pastor Falk hatte sich erhoben und mit seinen klugen, durchdringenden Augen den Schwiegersohn anblickend, ging er freundlich auf ihn zu, reichte ihm die Hand und hieß ihn sich niedersetzen, da er von der Reise und den Kämpfen der letzten Zeit ermüdet sein werde. Dann begann er, wie er es sich vorgenommen und in langen Beratungen mit seiner Tochter ausgemacht hatte, freundlich und liebevoll zu sprechen: wie er wisse, was Lange Schweres und fast Unerträgliches erlebt habe, wie er ganz wohl verstehe, daß jener immer das Rechte gewollt habe und nur von den Ereignissen in diese Wirrsal der Seele hineingetrieben worden sei. Und wenn er auch nicht verhehlen wolle, daß er Langes ganzes Verhalten in dieser unglücklichen Zeit tadle, ja für eine schwere Sünde halte, da jeder Christ, um wievielmehr ein Geistlicher, die Schickungen Gottes demütig und er könne sogar sagen freudig hinnehmen müsse, so könne ja noch alles gut werden, wenn Lange sich wieder die Liebe und Achtung seiner Frau und der Kinder erwerbe.

Als Falk nun sah, wie sein Schwiegersohn bei diesem grausamen Wort heftig errötete und unwillig die Augenbrauen zusammenzog, lenkte er wieder ein und begann von der Zukunft zu sprechen. An der Absetzung sei ja nichts mehr zu ändern, das werde Lange selbst einsehen. Aber er, Falk, habe, da er den Ausgang dieses leidigen Streits schon vorhergesehen habe, alles bedacht und mit der Tochter besprochen, so daß nur noch Langes Einwilligung fehle. Noch von seiner Mutter her besitze er ein kleines Gütchen hier ganz in der Nähe, das bisher verpachtet gewesen sei. Das solle der Schwiegersohn übernehmen und dort als rechtlicher Landmann und Bauer den Boden bearbeiten, was doch immer die beste Art sei, Brot zu verdienen, ohne den Herrgott um sein Recht auf die Seele zu betrügen.

Lange, als ob er von dem plötzlichen Strahl der Hoffnung geblendet sei, beugte sich nach vorne und vergrub das Gesicht in den Händen. Noch vor einer Minute schien es ihm fast unerträglich, weiter zu leben, und hier tat sich vor ihm ein neues Leben auf. Der Pastor Falk schwieg eine Weile ; er wollte dem erschütterten Mann Zeit geben, sich zu fassen. Dann hub er wieder an: es sei ihm besonders lieb, daß die nahe Nachbarschaft des Gütchens Gewähr für die einzige Bedingung leiste, die er bei dem Handel stelle. Und da Lange bei diesen Worten gespannt aufblickte, reichte er ihm einen Bogen Papier hin, auf dem in kurzen Sätzen verzeichnet war, daß Falk seinem Schwiegersohn das genannte Gut als Eigentum überlasse, Lange dagegen die Sorge für die Erziehung der beiden Kinder ganz und ohne Einschränkung seiner Frau und seinem Schwiegervater abtrete.

Lange, dessen Herz zu Eis erstarrte, als er diese ungeheuerliche Forderung las, erhob sich und gab, seinen Schwiegervater mit kaltem Blick messend, das Blatt zurück. Einen solchen Vertrag werde er niemals unterzeichnen. Falk, von diesem Widerstande keineswegs überrascht, legte die Schrift auf den Tisch, schob einen Stuhl zurecht und eine Feder eintauchend, sagte er zu Lange, der starr vor sich hinsehend an der Unterlippe nagte: er wisse, daß die Bedingung jedem Fremden sonderbar und unerhört erscheinen müsse; daß er sie aber stelle, zeige, wie hoch er von dem rechtlichen Sinne seines Schwiegersohnes denke, und er zweifle nicht daran, daß Lange gewiß genug Willenskraft besitzen werde, um zu tun, was recht sei. Indem er dann seiner Überzeugung gemäß aussprach, daß Langes Seele im Innersten krank sei, schilderte er noch einmal in kurzen Worten die Ereignisse der letzten Monate, wie durch jenes Schuld der Lehrer Ziegler um Ehre und Leben gekommen sei und dessen Familie nun im Elend herum irre, wie durch jenes Schuld der Frieden einer Gemeinde zerstört worden sei, so daß die Einwohner Langewiesches, sonst an Zucht und Gottesfurcht gewöhnt, die Kirche wie ein Pesthaus gemieden hätten, wie durch jenes Schuld den Verleumdungen der Hetzpresse gegen Gott und König Tür und Tor geöffnet sei, da alle Zeitungen von dem Prozeß des Langewiescher Pastors widerhallten, wie durch jenes Schuld der Name seiner Kinder mit untilgbarer Schande befleckt sei.

Lange, von der Wucht dieser Anklage, der er nichts zu entgegnen wußte, erdrückt, war an das Fenster getreten, um sein von den Stürmen des wildesten Kampfes bewegtes Gesicht zu verbergen. Als er sich ein wenig gefaßt hatte und eben den Mund öffnen wollte, um zu sagen, daß er mit dieser Unterschrift alles, was er je geglaubt und heilig gehalten habe, seine Seele, sich selbst vernichten werde, und daß er eine solche Sünde gegen sich nicht begehen könne, schoß ihm das Wort durch den Kopf, welches der Freiherr v. Trachenberg beim Beginn dieses ganzen Unheils gesprochen hatte: daß man sich selbst Unrecht tun müsse, wenn es zum Wohl der Allgemeinheit dienlich sei, und betroffen von der Wahrheit dieses Gedankens schwieg er.

Falk aber, der in frommem Glauben für das ewige Wohl seiner Enkel zu kämpfen wähnte, wenn er diesem von Gott und Welt gebrandmarkten Manne die Gewalt über ihre Seelen entriß, führte mit kalter Grausamkeit noch einen Streich, um den Widerstand seines Gegners zu brechen. Lange habe nichts mehr zu verlieren, die Unterschrift sei eine Form, nichts weiter. Ob er nicht gesehen habe, wie sein Weib verändert sei und nur mit Grauen ihn berühre, wie die Kinder sich abwendeten von dem Vater, – und da eben der ältere

Enkel aus der Tür trat, ängstlich nach dem Fenster spähte und als er des Vaters Antlitz dort erblickte, wie erschreckt in das Haus zurückrannte, wiederholte er, nach draußen deutend: »Du hast nichts zu verlieren, Du hast zu erwerben, was Du verloren hast, die Achtung Deines Kindes.« Damit zog er den widerstandslosen, gebrochenen Mann mit sich, gab ihm die Feder und hieß ihn schreiben. Mit fliegender Hast unterzeichnete Lange und schritt, ohne die Augen aufzuschlagen, aus dem Zimmer.

Draußen empfing ihn seine Frau. Sie fiel ihm um den Hals, küßte ihn und bezeugte auf jede Weise ihre Freude. Nun werde alles wieder gut werden, nun werde ein neues Leben beginnen. Und indem sie ihn mit sich in den Garten zog und von dort auf die Straße und ins Freie, schritt sie auf einen Hügel zu, von dem aus man das hart am Waldesrand gelegene Häuschen sehen konnte. In dem solle das neue Glück erblühen. Sie sei so froh und dankbar, daß Lange unterschrieben habe, sagte sie, und da sie an seinem zuckenden Gesicht sah, wie quälend die Gedanken in seinem Innersten wühlten, redete sie weiter, wie dieses Verzichten auf die Erziehung der Kinder nichts zu bedeuten habe. Es sei nur eine Grille des Vaters, von der er leider nicht abzubringen gewesen sei. Aber sie kenne ihn; das werde ein paar Wochen dauern, da werde der alte Herr tagtäglich auf dem Gütchen erscheinen, mit vieler Gewissenhaftigkeit seine Enkelkinder auf Glauben und Gewissen prüfen und dann mit ebenso großer Sorgfalt bei ihnen draußen frische Eier und selbst gebackenes Brot essen. Dann lasse man erst den einen und dann einmal den andern Knaben auswärts sein, wenn der Großvater erscheine und schließlich werde er froh sein, wenn er Brot und Butter ohne mühseliges Fragen verzehren könne.

So plaudernd, suchte sie dem Manne die Sorgen wegzureden, die sie ihm an den düsteren Augen ansah. Zuletzt kam sie auf die Knaben zu sprechen. Mit dem jüngeren habe es ja keine Schwierigkeiten. Er sei noch zu dumm, um irgend etwas zu begreifen. Aber der ältere mache ihr manches zu schaffen. Sie werde nicht klug aus ihm. Schon drunten in Langewiesche habe sie es gemerkt, seit er damals beim Ballspiel den Zank mit dem Bürgermeistersjungen gehabt habe; hier oben aber sei es viel schlimmer geworden. So oft von dem Vater die Rede gewesen sei, habe er ein finsteres Gesicht gemacht und sei mürrisch geworden. Und so viel auch der Großvater und sie selbst ihm zugeredet und ihm vorgestellt hätten, wie alles nur eine Kette von furchtbaren Zufällen sei und der Vater gewiß das Beste gewollt habe, der Junge habe zu allem geschwiegen und sei nie zu bewegen gewesen, auch nur den Namen des Vaters ruhig aussprechen zu hören. »Es ist eben eine schlimme Zeit für ihn. Man weiß ohnehin nicht, was in so einem jungen Menschen vorgeht, der mannbar wird. Und nun stürmen gerade jetzt diese Sorgen und inneren Kämpfe auf sein aufgeregtes Gemüt ein.« Für ihn sei es gut, wenn er noch eine Zeit unter dem Schutz der abgeklärten Weisheit Falks bleibe, damit er sich allmählich an des Vaters Wesen gewöhnen könne und seinen Abscheu überwinden lerne.

Lange wendete sich bei diesem letzten Satz schroff ab und ging mit den Worten: »Ich will den Jungen sprechen« rasch nach dem Pfarrhaus zurück, während die Frau erwartungsvoll und ängstlich zugleich folgte.

Sie fanden den Knaben in der Tenne des Pfarrhofs, wo er sich aus einem dicken Brett eine Zielscheibe gezimmert hatte. Die versuchte er jetzt mit allerlei Werkzeug an der Wand zu befestigen. Als er den Vater eintreten sah, drehte er ihm hastig den Rücken und tat so, als ob er eifrig in seine Arbeit versenkt sei. Lange, verlegen gemacht durch die abwehrende Haltung des Knaben, die er sich nach den Reden Falks und seiner Frau, sowie nach seinen eigenen Beobachtungen zu erklären suchte, setzte sich auf einen Holzblock, der dort stand. Dabei nahm er einen Nagel, der darauf lag, in die Hand und ihn gedankenlos hin- und herdrehend, fragte er: »Was willst Du mit dem Ding da anfangen, Hans?«

Der Knabe drehte sich tief errötend um. »Mit der Armbrust danach schießen! Gib mir den Nagel; ich brauch ihn, um das Brett aufzuhängen.« Lange reichte ihn hinüber und während der Junge mit wuchtigem Hammerschlag das Eisen in die Wand trieb, fiel seinem Vater auf einmal ein, daß dieser Nagel dieselbe dreieckige Gestalt hatte, wie die, die er vor Wochen an dem hölzernen Christusbilde berührt hatte. Sich selbst wundernd, daß seine Gedanken gerade in diesem Augenblick so seltsame Wege gingen, fragte Lange plötzlich: »Freust Du Dich, Hans, mit mir auf das Gütchen zu ziehen und die Erde zu bebauen?« Während des kurzen Schweigens, ehe der Sohn antwortete, war ihm, als ob die Schläge des

Hammers ihm durch Mark und Bein gingen. Er lauschte gespannt nach diesem Ton. Endlich drehte der Bube sich nach der Mutter um und fragte diese, am Vater vorbeisehend: »Hat er unterzeichnet?« Die Mutter nickte freudestrahlend: »Ja ja, es ist jetzt alles gut.« Da sah der Knabe zum erstenmal seinen Vater mit einem schmerzlichen Ausdruck an, wandte sich wieder zu seiner Arbeit und sagte, während ihm die Tränen fast die Stimme erstickten: »Ich hätte nicht unterzeichnet!«

Lange saß eine Weile regungslos in horchender Stellung da, als ob er nicht verstanden habe. Allmählig wurde sein Gesicht dunkelrot, die Augen öffneten sich weit und quollen aus dem Kopfe hervor, da er auf einmal aus den Worten des Sohnes erkannte, daß er seine Seele verkauft hatte. Als er, nicht rechts und links blickend, davon ging, eilte seine Frau, die mit Entsetzen die Veränderung in seinem Gesichte wahrnahm, ihm nach, faßte ihn am Arm, rüttelte ihn und rief in heller Angst: »Lange, Lange, was willst Du tun?« Da er nun, sie von sich abschüttelnd, mit dumpfer Stimme und einem irren Blick sagte: »Ihr habt mich betrogen«, trat sie ihm in den Weg, hing sich an ihn und stieß die Worte hervor: »Ich habe es nicht gewußt, Lange! So wahr mir Gott helfe, ich habe es nicht gewußt, daß der Junge so dachte!« Während sie aber immer von neuem versicherte, sie habe nur um des Knaben willen in den unwürdigen Vertrag eingewilligt, weil sie fest überzeugt gewesen sei, daß lediglich durch langsames und vorsichtiges Einwirken eines Dritten der scheinbare Abscheu des Kindes vor dem Vater zu überwinden sei, rang sich ein furchtbares Stöhnen aus der Brust des Mannes, und stehen bleibend unterbrach er sie rauh: Der Vertrag sei es nicht; es lasse sich auch unter Vormundschaft leben und Falk sei ein Mann, dem man Kinder anvertrauen könne. Wer aber sich selbst untreu geworden sei, der habe nichts mehr auf der Welt zu suchen. Ohne auf die Vorstellungen der Frau etwas anderes zu erwidern, als das eine Wort, er habe sich verkauft, schritt er unaufhaltsam vorwärts und da das jammernde Weib sich immer fester an ihn anklammerte, schleppte er es mit sich bis zum Waldrand. Hier machte er sich mit sanfter Gewalt los, sagte mit ruhiger Stimme, der keine Erregung anzumerken war: »Ich werde damit fertig werden; aber ich will allein sein«, und schritt einen Abschiedsgruß winkend in den Wald.

Bis tief in die Nacht hinein irrte Lange ziellos, von den Gespenstern seiner Seele verfolgt, umher. Schließlich warf ihn die Mattigkeit zu Boden und ließ ihn einschlafen, wo er gerade lag. Spät am Morgen wurde er von einem vorbeigehenden Waldhüter geweckt. Dessen Hund hatte den Schläfer aufgespürt, den er, seinem wütenden Bellen nach zu schließen, für einen Vagabunden hielt. Auch der Waldhüter faßte seinen Stock fester, als er das verwilderte Aussehen Langes gewahr wurde, ging dann aber kopfschüttelnd und sich häufig umdrehend weiter, da er aus der Sprache des Unbekannten merkte, daß er es mit guter Leute Kind zu tun habe.

Langes ruhelose Wanderung begann von neuem. Wie eine fixe Idee hatte sich der Satz in seinem Kopf festgesetzt, daß er sich verkauft habe. Alles, den Tod Zieglers, die Ächtung der Gemeinde, die schimpfliche Absetzung, die Schändung seines Namens, die Schmach der Steinwürfe, den Abfall der Seinen, die Erniedrigung vor dem Schwiegervater hatte er ertragen. Dieser eine Gedanke aber, geweckt durch das Wort eines Kindes, daß er mit jener unseligen Unterschrift sich untreu geworden sei, machte ihm seine Seele verächtlich und vernichtete ihn. Mit müden schweren Gliedern, über Wurzeln stolpernd und gegen die Stämme der Bäume taumelnd, schleppte er sich dahin. Gegen Mittag stieß er auf einen Bach, der mit seinem fröhlichen Plätschern den traurigen Wald lebendig machte. Er trank daraus, gierig sich auf den Bauch werfend wie ein Verschmachtender, dann tauchte er Kopf und Hände in das helle Wasser. Erfrischt durch die Kühle sammelte er seine Gedanken. Im Langewiescher Pfarrhaus lagen noch Papiere, Briefe und allerlei kleine Erinnerungen, wie sie wohl jeder aufhebt, weil er sich nicht davon trennen kann, die aber keiner in fremde Hände geraten lassen will. Die mußten vernichtet werden. Froh, der Leere seines Innern entronnen zu sein und ein Ziel zu haben, schlug er die Richtung nach seinem Pfarrdorf ein. Es dauerte nicht lange, so stieß er von neuem auf einen Bach, den er bald als das Wasser seines Dorfes, die Wiesche, erkannte. Dem folgte er nun.

Die Sonne stand tief, als der Pfarrer von Langewiesche beim Calvarienberg anlangte. Er beschloß, hier zu bleiben, bis die Dunkelheit eingetreten sei, um dann unbemerkt in den Pfarrhof zu gehen. Zu Tode matt, warf er sich in das Gras und starrte in die Ferne. Sein Gehirn verdüsterte sich von neuem unter dem Eindruck der wohlbekannten Umgebung. Dumpf vor sich hinbrütend, lauschte er dem Rauschen der Wiesche und da er sich dabei erinnerte, wie wohltuend vorhin die Kühle des Wassers auf ihn gewirkt hatte, stieg er den Abhang hinab. Die Zehen waren wund und schmerzten, so zog er Stiefel und Strümpfe aus und tauchte die geschwollenen Füße in den Bach. Dann ging er, sich kindisch seiner Barfüßigkeit freuend, als ob ihm mit dem Abwerfen der Stiefel eine drückende Last abgenommen sei, auf dem Rasen einher, sorgfältig die hohen weichen Grasbüschel aussuchend. Als er aufatmend stehen blieb, sah er sich der Kapelle gegenüber. Es fiel ihm ein, daß gestern Erntedankfest gewesen war, und neugierig, zu sehen, ob die Langewiescher ihren Christus schon ausgeliefert hätten, trat er ein.

Ein wilder Hohn erfüllte sein Herz, als er das leere Kreuz sah, an dem er trotz der hereinbrechenden Dämmerung die Löcher der großen Nägel unterscheiden konnte. Eine Leiter stand noch daran angelehnt und etwelche Werkzeuge und Stricke lagen umher, die man in der Eile des Fortschaffens vergessen haben mochte. Auch die groben dreieckigen Nägel hatte man als nutzlos bei Seite geworfen. Gedankenlos nahm Lange eines der ungefügen Eisen in die Hand. Bei dem Tasten der seltsamen Form fuhr dem Pfarrer von Langewiesche ein wahnsinniger Plan durch den Kopf. Prüfend faßte er nach oben, um sich von der Festigkeit des Trittbretts zu überzeugen, ergriff die vier Nägel, die zu seinen Füßen lagen, raffte von den Werkzeugen einen Hammer empor und kletterte die Leiter hinan. Als er auf dem Trittbrett stand, sah er ein, daß der Halt zu schmal war, um das auszuführen, was er vor hatte. Bedächtig klomm er hinab und suchte sich unter den Stricken den stärksten und längsten aus. Den wand er sich um den Leib, nachdem er vorher Rock und Weste abgeworfen hatte, steckte Nägel und Hammer in diesen Gürtel und stieg, sicher vor jedem Mißlingen, wieder empor. Auf dem Brett angelangt, schlang er die Enden des Seils um den Stamm des Kreuzes und knotete sie so um seinen Leib, daß er sich frei bücken konnte, aber vor dem Hinabfallen bewahrt war. Dann sich hinabbeugend begann er mit fürchterlicher Ruhe seine grauenerregende Tätigkeit. Erst am nächsten Morgen fanden ihn vorübergehende Langewiescher Bauern, von seinem Stöhnen geleitet, am Kreuze hängend, in der Rechten noch immer den Hammer haltend, mit dem er beide Füße und die linke Hand an das Holz genagelt hatte. Sie hoben den bewußtlosen, halbtoten Mann herab und trugen ihn heim in das Pfarrhaus.

Zwei Tage dauerte es dann noch, ehe Lange starb.

Die Kunde von seinem Tode verbreitete sich rasch durch ganz Deutschland und eine Zeitlang, bis neue Ereignisse neuen Stoff zum Gespräch gaben, wurde das Schicksal Langes in den Familien und bei allen möglichen Gelegenheiten erörtert. Die Zeitungen, je nach ihrer Richtung, sahen in dem so traurig untergegangenen Mann einen Frevler, dessen Sterben selbst eine Gotteslästerung sei, die andern priesen und beklagten ihn als Märtyrer einer gerechten Sache und wieder andere nannten die furchtbare Tat einen Anfall religiösen Wahnsinns, der deutlich zeige, wohin das Muckertum treibe.

In der Heimat Langes hatte sein Tod versöhnend gewirkt. Zu dem Begräbnis kamen die Bauern der Umgegend, lauter harte, ehrenhafte Männer, in Scharen herbei und folgten in ebenmäßigem Schritt dem Sarge des Pfarrers von Langewiesche.

Über tredition

Eigenes Buch veröffentlichen

tredition wurde 2006 in Hamburg gegründet und hat seither mehrere tausend Buchtitel veröffentlicht. Autoren veröffentlichen in wenigen leichten Schritten gedruckte Bücher, e-Books und audio-Books. tredition hat das Ziel, die beste und fairste Veröffentlichungsmöglichkeit für Autoren zu bieten.

tredition wurde mit der Erkenntnis gegründet, dass nur etwa jedes 200. bei Verlagen eingereichte Manuskript veröffentlicht wird. Dabei hat jedes Buch seinen Markt, also seine Leser. tredition sorgt dafür, dass für jedes Buch die Leserschaft auch erreicht wird.

Im einzigartigen Literatur-Netzwerk von tredition bieten zahlreiche Literatur-Partner (das sind Lektoren, Übersetzer, Hörbuchsprecher und Illustratoren) ihre Dienstleistung an, um Manuskripte zu verbessern oder die Vielfalt zu erhöhen. Autoren vereinbaren direkt mit den Literatur-Partnern die Konditionen ihrer Zusammenarbeit und partizipieren gemeinsam am Erfolg des Buches.

Das gesamte Verlagsprogramm von tredition ist bei allen stationären Buchhandlungen und Online-Buchhändlern wie z. B. Amazon erhältlich. e-Books stehen bei den führenden Online-Portalen (z. B. iBookstore von Apple oder Kindle von Amazon) zum Verkauf.

Einfach leicht ein Buch veröffentlichen: **www.tredition.de**

Eigene Buchreihe oder eigenen Verlag gründen

Seit 2009 bietet tredition sein Verlagskonzept auch als sogenanntes "White-Label" an. Das bedeutet, dass andere Unternehmen, Institutionen und Personen risikofrei und unkompliziert selbst zum Herausgeber von Büchern und Buchreihen unter eigener Marke werden können. tredition übernimmt dabei das komplette Herstellungs- und Distributionsrisiko.

Zahlreiche Zeitschriften-, Zeitungs- und Buchverlage, Universitäten, Forschungseinrichtungen u.v.m. nutzen diese Dienstleistung von tredition, um unter eigener Marke ohne Risiko Bücher zu verlegen.

Alle Informationen im Internet: **www.tredition.de/fuer-verlage**

tredition wurde mit mehreren Innovationspreisen ausgezeichnet, u. a. mit dem Webfuture Award und dem Innovationspreis der Buch Digitale.

tredition ist Mitglied im Börsenverein des Deutschen Buchhandels.

Dieses Werk elektronisch lesen

Dieses Werk ist Teil der Gutenberg-DE Edition DVD. Diese enthält das komplette Archiv des Projekt Gutenberg-DE. Die DVD ist im Internet erhältlich auf **http://gutenbergshop.abc.de**

MIX

Papier | Fördert
gute Waldnutzung

FSC® C083411

Zeitfracht Medien GmbH
Ferdinand-Jühlke-Straße 7
99095 Erfurt, Deutschland
produktsicherheit@kolibri360.de